Funny Jokes

妖獸喔

連豬都笑了！

FUNNY JOKES 2 超有梗笑話

張允中◎編著

《序》

你能掌握奇趣嗎？

「搞笑」是一種理性玩味，是一種群眾魅力，更是宣洩情感的主要途徑。

三五好友聚於陋室，形成一個小團體，談天地話古今，這時，您若能以機智的幽默來強化個人意見的表達，利用搞笑的方式來擺脫突發的窘境，勢必會使閒聊的主題與內涵更熱絡、更活潑，也更豐富。

「搞笑」本身是幽默情趣的主要力量——它是一種想

像力的發揮，尤其有關人性弱點的溫暖笑話，可以拉近人與人之間的疏離，為我們的人際交往帶來活力、信任與成功的機會。

想要展現您的幽默風趣，除了必須洞悉人類「好奇」、「好玩」的心理，還要看自己在臨場反應上會不會別出心裁、奇思妙想。

幽默可以表現在語言技巧上，也可以透過喜劇性的情節來創造幽默情境──重點就在於如何掌握「奇趣」，能否不落俗套，出奇制勝。

在現實而忙碌的現代生活中，喜劇情節的營造並不容易，若想靠幽默的力量贏得他人的好感，甚至成為團隊中一種突然的榮耀，自是難上加難。不過，只要您有心為之，一旦幽默的靈感來了，搞笑的策略奏效了，那麼，您的好運氣也會跟著到來！

事實上，「搞笑」確實能夠改變人的命運，關鍵在於您能否以幽默的眼光看生活、過生活，發現、運用和實踐幽默所帶來的群眾魅力。

這本書不需要目錄，
翻到任何一頁都好笑！

笑經

一、恥笑——笑氣自直腸泛出，其臭無比。
二、狂笑——笑氣自胃部泛出，喪心病狂。
三、乾笑——笑氣自肝脾泛出，惡行惡狀。
四、苦笑——笑氣自腎臟泛出，苦不堪言。
五、恥笑——笑氣自胸腔泛出，冷酷惡毒。
六、爆笑——笑氣自丹田泛出，養生之道。

情史

目光往來→言語往來→熱線往來→情書往來→禮物往來→手足往來→

嘴唇往來→性器往來→金錢往來→媒人往來→戒指往來→婚約往來→子女往來→負擔往來→咒罵往來→拳腳往來→偷腥往來→律師往來→法庭往來→債務往來→斷絕往來。

恐怖夜

看完電影「七夜怪談」之後——

丈夫：「妳又不是三歲小孩，嚇成這副德性！」

「但是她突然從電視裡爬出來的樣子實在太可怕了，雙眼無神，披頭散髮——」太太說：「你難道都不覺得恐怖嗎？」

丈夫：「唉——見怪不怪了，難道妳不知道自己每天早晨醒來的樣子都是那樣？」

火燒阿房宮

督學到一所高中視察，他想要瞭解該校學生的素質如何，所以就叫了一個學生來問：「阿房宮是誰燒的？」

只見那學生很緊張的說：「不是我燒的！」

聽到這種答案，督學頓時覺得實在是太糟糕了，便問校長：「校長，我剛剛問這個學生：『阿房宮是誰燒的？』他竟然回答不是他燒的，你們是怎麼教的？」

校長更緊張的說：「我們向來都確實教導學生要誠實！他如果說不是

他燒的，就一定不是他燒的，這一點我敢向您保證！」

督學聽了十分感嘆，回到教育局後提出報告，要求懲處該校的校長辦學不力！沒想到局長看了以後批示：「燒了就燒了，不用太在意，本局撥款協助重建！」

精神病院

某國的副總統夫人前往一家精神病院探視病患——所有病患都站在迴廊上夾道歡迎，只有一名穿著相當邋遢的病患面無表情，對這副總統夫人不理不睬。

事後，副總統夫人的隨從問院方：「找死啊!?在眾目睽睽之下，有這麼多媒體來採訪，你們事先沒套好嗎？那傢伙為什麼沒打招呼呢？」

這時，護士長竟插嘴說道：「沒辦法，他今天的精神顯得特別正常。」

女賊

法官：「妳竟敢在三更半夜闖入民宅行竊，這下人贓俱獲了，妳可認罪!?」

女賊：「法官大人啊！我只是個弱女子，原本也不敢在入夜之後出手的——但兩年前您審判我時，曾指責我不該在大白天闖入人家家裡偷東西——這下可好了，一天二十四小時，我究竟該在什麼時間才能外出工作呢？請法官大人明示吧！」

比快

有三個小孩在比較誰的老師動作比較快——

小夫：「我老師最快了，他在校慶一百公尺比賽中奪得第一名！」

胖虎：「我老師才快呢！他想拿板擦丟我，一出手卻發現射偏了——但他趕緊追上前去把板擦再接回來，所以沒有打到無辜的同學。」

大雄：「唉呀，他們的速度怎麼能跟我的老師比呢？學校規定四點十分下課，他通常三點五十分就開溜了！」

十大行業

●政客——靠「一張嘴巴」行騙。

●妓女——靠「兩條腿兒」勾魂。

●扒手——靠「第三隻手」偷竊。

●抽頭——靠「四個賭徒」貢獻。

●乞丐——靠「五根指頭」討食。

●律師——靠「六法全書」謀財。

●道士——靠「死人頭七」維生。

●算命——靠「生辰八字」瞎扯。

●商人——靠「九九乘法」圖利。

●難民——靠「紅十字會」奧援。

特殊職業

●必然要站著的職業——交通警察。
●必然要坐著的職業——駕駛員。
●必然要蹲著的職業——棒球比賽的捕手。
●必然要躺著的職業——娼妓。
●必然要跪著的職業——道士。
●必然要跑的職業——田徑選手、搶匪。
●必然要看的職業——校對、三七仔。
●必然要聽的職業——總機、接線生。
●必然要想的職業——作家、編劇。
●必然要笑的職業——媒婆。

●必然要哭的職業——孝女、哭婆。

暗示

阿勇利用假日時間，騎著摩托車去拜訪他住在深山林內的老朋友——那個昔日呼風喚雨的角頭大哥。

但他的朋友卻剛好有事外出，只有朋友的妻子獨自在家。由於——朋友的妻子實在穿著太暴露也太性感了，阿勇遂起了邪念，趁機對她毛手

毛腳。

朋友的妻子也警覺了，於是就向阿勇說：「我必須警告你——我先生大約再過一個半小時就回來了喲——他沒做大哥雖然已經很久了，但他的脾氣你又不是不清楚！」

頓時，阿勇嚇得直喊抱歉，並且當場下跪，請朋友的妻子原諒他一時的衝動。

豈料，朋友的妻子竟拉著阿勇的手走進房間，說：「我沒怪你啊！我只是想提醒你時間寶貴——要嘛就別拖拖拉拉！」

身世之謎

扁頭：「媽，我是從哪裡來的？」

母親：「唉呀——，你長大之後自然就會知道了嘛！」

「不要！我現在就要知道啦！」扁頭說：「人家隔壁大頭的爸爸都已經對他表明一切了！」

「天啊！那個大嘴巴的老色鬼，連這種事都跟小孩子說，真是不知廉恥！」母親不禁搖頭嘆息，然後問道：「那他是怎麼說的？」

扁頭：「他說他們是大陸來的，原本住在台南，後來搬到台北——」

糊塗星媽

繼父：「孩子的娘，不好了！這回代誌大條了！」

母親：「到底發生什麼事啊？」

「妳女兒打電話來說，那個攝影師命令她脫光衣服，所以她哭了——」繼父：「我早就跟妳說過，別讓她進入什麼模特兒經紀公司，妳就是不聽！」

「哭？」母親：「這也難怪啦！為了進入演藝圈，讓我成為星媽，就必須接受磨練——唉——在這麼寒冷的冬天裡，我可憐的女兒一定是被凍哭的！」

三個願望

某日，一名三餐不繼的吸血鬼，意外地撿到了一盞神燈，接著，誠如傳說中所描繪的一樣，牠把燈神叫出來之後，便請求燈神讓牠實現三個願望——

燈神點頭說：「主人啊！你不必客氣了，儘管把心中的願望說出來吧——我一定照單全收！」

吸血鬼高興至極，隨即將三個願望告訴燈神：

一、我覺得用腳走路太辛苦了，希望能擁有一對會飛的翅膀。

二、長久以來，我覺得自己所穿的制服又黑又醜，希望今後能換一套白淨的衣服。

三、我已經快一個月沒喝到大量的血水了，希望今後每個月都能有一次飽嚐大餐的機會。

燈神聽了吸血鬼的願望之後，想都沒想，立即比出「OK」的手勢。接著，只聽見「砰」地一聲——那名吸血鬼立即化身變成一片衛生棉，妥貼地攀附在魚販市場一個老婦人的胯下。

精子歷險記

有個鄉下青年，由於始終在田裡認真幹活兒，平時又沒有村姑得以發洩，所以養了一大缸精子——

某日，他到城裡嫖妓，就快達到高潮之際，這群精子便討論說，主人養我們這麼久了，使我們個個長得肥肥壯壯的，是該為他好好效力的時候了。

於是，大夥兒在取得共識之後，便十萬火急地往前衝——

但說也奇怪，過沒多久，跑在最前面的那批精子竟又往回跑，並且直嚷著：「危險，逃！快逃Ｙ！！！」

原本跑在後面的精子便問：「幹嘛？大家不是說好要為主人效力，讓他大爽特爽嗎？怎麼變卦了？」

只見，努力往回跑的精子氣急敗壞地說：「大大——大便沖進來了呀！要衝你們自己衝，我們可不想被薰死！！」

舊詞新解

一、戒指——世上最迷你的手銬。
二、火車——抽菸斗的蜈蚣。
三、樹木——掛葉子的衣架。
四、愛情——最虛偽的薄弱意志。
五、嫁禍——嫁出去的女兒，其實是引起禍害的根源。
六、色鬼——希望公車永遠擁擠的傢伙。
七、小偷——希望景氣大好、有錢人越來越多的傢伙。
八、所得稅——全世界最成功的郵購機構。
九、慈悲——仁慈者，皆悲哀也。
十、殖民地——婦產科醫院。

十一、呂——夫妻。
十二、冰——睡著的水。
十三、占——鑰匙。
十四、卯——剪刀。
十五、噩——窗戶。
十六、且——神主牌。
十七、示——拍照用的三腳架。
十八、函——菜籃。
十九、目——逃生用的扶梯。
二十、丰——電線桿。

一舉數得

有個檳榔攤的老闆無意中發現，他請的這位檳榔西施竟然兼做「副業」——經常利用休息空檔去當援助交際的對象。

檳榔攤老闆見她年幼可欺，遂心生歹念，想「白玩」她。

那檳榔西施卻說：「不行！天下沒有白吃的午餐，你如果想搞我，就必須和一般客人一樣，每次付費一萬二，但可抽頭四千，換句話說，你依然得支付八千元現金。」

週末夜晚，檳榔攤老闆和她像情人一

樣，吃過宵夜之後，便到檳榔攤老闆的住所Happy了。

他們關掉了電燈，也拉上了窗簾，檳榔攤老闆很有男子氣概地做完了愛，然後對檳榔西施說：「我要到樓下抽根菸，每次做過這種事，我都習慣哈一根，那感覺實在妙不可言。」

抽完菸，檳榔攤老闆要求再玩，於是，兩人又再來一次。然後，檳榔攤老闆再次下樓，回來之後，悶聲不響地再搞一次。

當天晚上，有如吃了「高鈣」（發台語音）威而剛一般，竟一連搞了「九次」，迫使那位檳榔西施忍不住發出讚嘆之聲：「老闆，你的床上功夫這麼好，性慾又這麼強，將來誰當你的老婆一定爽死了！」

豈料，床上的男人竟然回答：「啊——麥按呢講、麥按呢講，我只是個平凡的上班族啦！妳的經紀人在門口賣票，一張八千元，雖然嫌貴了一點，但能嫖到像妳這樣的貨色，我已經心滿意足了！」

老中青

青年大都「向前看」，老年大都「回頭看」——中年大都「愁容滿面」。

大中小

一、小學生男女不分；中學生男女授受不親；大學生男女雙宿雙飛。

二、小學生看卡通；中學生看漫畫；大學生看色情光碟。

三、小學生蒐集圖片；中學生蒐集卡片；大學生蒐集情色照片。
四、小學生向父母討錢；中學生向父母要錢；大學生向父母索錢。

學打桌球

一位已婚婦人學打桌球，但老是打得不好，教練委實感到心灰意冷。最後，教練只好使出殺手鐧：「好吧，別認為自己正在打乒乓球，請妳想像平時是怎樣握妳老公那『傢伙』的，這樣，或許妳就會打得好一點。」

果不其然，那婦人立即來個底線抽球，哇，天啊！教練也追趕不及了！

過了一會兒，教練說：「很好，妳顯然已經懂得要領，現在可以不必用嘴含了，試著用手握拍打打看吧！」

指腹為婚

曉琪：「爸！我要跟志勇結婚！」

父親：「妳的年紀還小，志勇又毫無經濟基礎，跟妳說過幾百次了，不行就是不行！」

豈料，曉琪竟指著自己鼓鼓的肚子說：「可是——我們已經指腹為婚了ㄇㄟ！」

兩名囚犯

在共產國家——北韓的某一所監獄裡，有兩個囚犯彼此詢問關進來的罪名——

囚犯甲：「我因為上班遲到，被上級說我影響國家生產力，以『社會米蟲』的名義慘遭起訴。」

囚犯乙：「我因為上班早到，被上級說我是外國派來的間諜，以『企圖竊取國家機密』之罪名被捕入獄。」

誰偷懶

工頭：「喂！小子！領同樣的工資，別人挑水泥每次都挑一大包，為什麼你連半包都挑不動呢？」

「不是我挑不動！」工人反駁說道：「那是因為他們偷懶，不願意多跑幾趟！」

誰後悔

妻子：「老李說，倘若時間能倒流五年七載，他會義無反顧地把我從你手中搶走！」

丈夫：「轉告他，倘若時間能倒流五年七載，我會義無反顧地把妳轉讓給他，並且再致贈250張彩券，祝他幸運中獎！」

拒絕上學

小乖年滿六歲了，今天就是小學開學的日子，他卻直嚷著不去——媽媽百思不得其解：「老師會教導你讀書、寫字，你又可以在那裡跟很多小朋友一起玩耍，為什麼不去呢？」

只見小乖的眼裡淌著淚水說：「媽媽，妳昨天晚上不是說，法律規定年滿六歲的小朋友就必須到學校上課，一直到十五歲嗎？」

「是啊！」媽媽點點頭。

「等我十五歲的時候，妳跟爸爸真的會記得來接我回家嗎？」小乖說：「那是九年以後的事，妳跟爸爸還會在一起嗎？不要騙我！」

語言的重要

有隻機靈的老鼠躲在櫥櫃裡，聽到「喵——喵——喵——」的貓叫聲，便遲遲不敢採取任何行動。

終於有一天，牠聽到「汪——汪——汪——」的狗吠聲，也就放心而大膽地走出來了——

不料——一隻躲在幽暗角落的貓，見有機可趁，就跑出來把老鼠給吃了！

事後，這隻貓對著居住在這附近的貓咪一族發表優質演說：「時代不同了！所謂『茶來伸手、飯來張口』的日子顯然已經過去——換言之，想要在現今社會中求生存，我們至少得學會兩種語言以上！」

干我啥事

有個男生，姓「李」名「贛」。某個大熱天，他和女友一起搭公車出遊——

就快抵達目的地時，女的走在前面先投錢幣準備下車，豈料，錢沒投好，有個銅板掉在地上了。

她便回頭低聲對男友說：「贛！快撿起來！」

但由於她說話太小聲了，李贛並沒有聽到，所以他也就沒有蹲下去撿。

「贛！你聽到沒有？我叫你幫我撿一下嘛！」她只好大聲地說。

這時，只見汗流浹背的司機突然很生氣地回頭望她一眼，並且放聲怒罵：「臭三八！唔妳是ㄑㄧㄢ ㄍㄢ ㄏㄧㄡ？錢掉了干我啥事啊？」

快翻身了

明末清初，有個青年書生想進京趕考——

由於——無法確定自己準備得怎樣、不知道會不會高中，他便在好奇心的驅使下，向一個知名的算命仙求教。

書生對算命仙說：「我最近常做一個奇怪的夢，不知道這夢境究竟有無隱藏些什麼暗示？」

「說來聽聽嘛！」算命仙說。

於是，他說：「我夢見自己在屋頂上拼

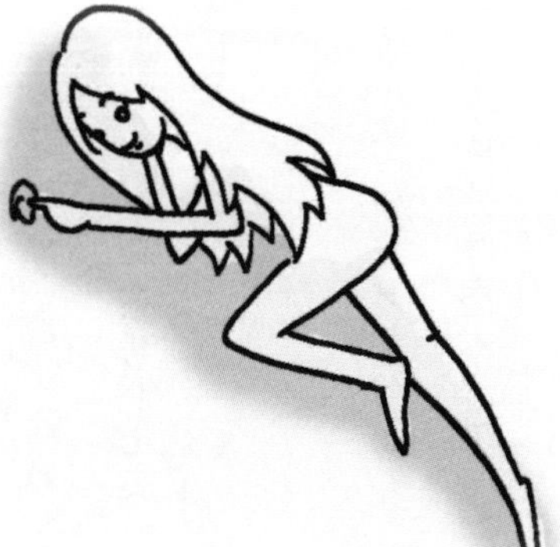

命種蓮花，然後，再下樓跟我那個相戀許久的青梅竹馬裸睡在書房的地板上。而在夢境中，我們一直是背對背靠著的——儘管情慾難耐，但我始終沒有越雷池一步。」

算命仙聽了，不禁搖頭說道：「年輕人，我奉勸你明年再去考吧！因為——你這次出擊，鐵定名落孫山，何必多此一舉！」

「為什麼？」書生問。

算命仙鐵口直斷地說：「屋頂上絕對不是種蓮花的好地方！這代表你不會『中』！更何況——你對她該搞不搞，豈不意味著你根本就不會『上』嘛！」

書生聽了之後，非常傷心地離開命相館，卻剛好在回家的路上巧遇那位相戀多年的青梅竹馬。

對方見他心情惡劣到極點，就關心地問他發生了什麼事。於是，書生便把自己的夢境和算命結果，一五一十地講給她聽。

那青梅竹馬聽了，卻高興地認為是好預兆，且提出迥然不同的解釋：

一、在「高」的地方種「蓮花」，表示會「高中」，且今「年」就「發」！

二、男女背對著背裸睡，暗指「美事」將至，是男方該「翻身」的時候了！

急事

小如是我妹妹的小學同學——

有一天，她打電話來找我妹妹，當時妹妹正在睡午覺，我便打趣地說：「她去找周公了！」

豈料，小如認真其事地問：「唉——我有急事找她耶！那她有沒有留周公的行動電話號碼給你？」

托嬰中心

女學生：「舍監，學校為什麼不讓男女生的宿舍合併在一起？」

舍監：「礙於經費問題！」

「怎麼說？」女學生問。

舍監：「後果堪慮啊！那不是還得附帶興建一所托嬰中心嗎？」

發球

有一位來自台灣的留學生跟一位美國在地的學生相約去打撞球。

然而，美國學生在準備打第一球的時候，雙方竟然就「一言不合」而大打出手了——

原因無他，因為台灣學生對著那位美國學生不經意地說了一句：「發球！」（發台語音，近似「FUCK YOU！」）

以上空白

國文老師出了個作文題目：「懶惰」，要同學們在該堂課結束之前繳交，然後就開始全神貫注地看她的報紙了。

阿瓜胸有成足，在課堂上只顧著談天、嬉笑，等到下課前三十秒鐘，才在作文簿的最後一行，寫下斗大的幾個字：「以上空白——這就叫做懶惰！」

三七二十一

爺爺教孫子數學——

爺爺問：「三乘以七等於多少？」

孫子：「學校還沒教啦！」

爺爺繼續問道：「如果你和小華、小明三個人在馬路上撿到二十一塊錢，你會怎麼處理？」

孫子大聲回答：「管他三七二十一，先平分再說囉！」

父道尊嚴

白先生家裡有六個孩子，每個都很頑皮——

有一天，白先生下班回家，孩子們正吵翻天，他太太一見到黃先生，立即高興地趨前說道：「哎喲，你總算回來了。」

「我就知道孩子們不怕妳，還是讓我這個做父親的來收拾他們吧！」

登時，黃先生頗為父道尊嚴感到自豪。

豈料，他太太緊接著說：「我知道你最乖、最聽話了，去！快去幫我買瓶米酒回來。」

族群意識

某日，原本令同學深感枯燥、乏味的歷史課教授，竟突發驚人之語：

「台灣人最大的缺點就是不團結，族群意識太濃烈！假使坐在前面的同學能像坐在後面玩牌的同學那樣安靜的話，那麼，坐在中間地帶睡覺的同學就能睡得更安穩，而我也就不必拉高分貝授課了。何樂而不為呢？」

好丈夫

一、被罵時像「鼠」——兩眼縮得很小，不敢作聲。
二、做事時像「牛」——充滿幹勁，不會偷懶。
三、做愛時像「虎」——深具攻擊慾望，虎虎生風。
四、開車時像「兔」——會閃會鑽，敏捷無比。
五、偷腥時像「龍」——只可神龍見首不見尾。
六、晚歸時像「蛇」——只能輕輕推門，蛇行而入。
七、購物時像「馬」——大包小包都要他一人扛。
八、居家時像「羊」——溫馴服貼，沒有一點脾氣。
九、愛撫時像「猴」——聰明伶俐，懂得察言觀色。
十、天明時像「雞」——要比妳晚睡早起。

十一、逛街時像「狗」——只得跟在妳的後面跑。
十二、吃飯時像「豬」——必須來者不拒，裝聾作啞。

阿彌陀佛

在一個現場直播的call in 節目中，有個阿公仔不小心call in進來了——
阿公仔：「阿勇仔有低A無？」
主持人：「歹勢！我們這裡是call in節目ㄋㄟ！」
阿公仔：「啊——我卡嗯對ㄚ啦，失禮！失禮！」
主持人：「無要緊！免回失禮啦！」
阿公仔：「好好好！我頂卡！」

主持人：「稍等一下，ㄚ無你嘛來點一首歌啦！」
阿公仔：「點歌喔？按ㄋㄟ甘好意思？」
主持人：「無要緊啦！緣分緣分！」
阿公仔：「按ㄋㄟ好！我點一首『阿彌陀佛』乎我阿勇仔的牽手聽——她頂禮拜去乎火車撞死，後日要出山啦——」

一時秀逗

就讀北一女的女孩，半夜裡睡不著覺，她心繫著讀建中的男友，於是鼓足勇氣打電話過去——
不幸的是，這通電話卻被男孩的奶奶接到。

「喂——喂——喂，妳要找什麼人？他好像去睡覺了！不過——妳姓啥？我去告訴他，問他要不要來聽——」

「我姓魏！」

「魏——魏什麼？」

「哎喲，不為什麼啦！」女孩緊張地說：「我也不知道怎麼講——反正，我爸爸姓魏，所以我一生下來就姓魏了呀！」

凸槌

阿吉的媽媽跟同事出國旅遊，於是託妹妹來幫忙照顧阿吉幾天——

阿吉：「阿姨，我要抱抱！」

阿姨：「阿吉仔！你長那麼大了，還要我抱你，不覺得羞羞臉嗎!?」

阿吉：「才不會呢！妳比我更大，但昨天下午，妳不是跑到爸爸的房間，還讓爸爸把妳抱得那麼緊！」

被強暴了

一名風塵女郎趾高氣昂地走進菜市場買水果——

經過一陣精挑細選之後，她從奶罩深處掏出了一張千元大鈔，二話不說便遞給了賣水果的壯漢。

那名壯漢定神看了那張鈔票一會兒，竟以相當不屑的表情說：「豈有此理！我賺的是光明正大的良心錢，像妳這種高收入的貓仔，竟然敢用假鈔來耍我！」

「假鈔？」頓時，風塵女郎吃驚地跳叫起來：「幹！那我剛剛不是被那個自稱是大學教授的無賴給強暴了嗎!?」

巧妙的指法

一名從越戰歸來的男子，在上公共廁所，竟然把自己和旁人都噴了滿身是尿——

「該死的禿驢！」被噴到的人無不大叫起來：「你到底會不會小便

啊？」

那男人滿臉歉容，很誠意地向所有人賠不是，並且說明自己在越戰中為了搶救一名即將遭到強暴的婦女，不得不從壕溝中爬出來，導致自己的性器被敵軍的機關槍散彈掃成蜂窩，從此之後，每次尿尿都會四散分飛──接著，為了證實自己所言無誤，他甚至將老二秀給大家看。

「唉，這實在太悲慘了！」眾人一瞧，莫不打從心裡感到慚愧。

這時，有個中年男子為了彌補之前的惡行惡狀，旋即從口袋摸出一張名片遞給他：「你立刻去找這個人，請相信我──他一定會對你的病情有所幫助！」

「是整容醫生嗎？」男子難過地說：「沒有用的！越戰歸來之後，我已經找過十幾個醫生了，他們全部束手無策！」

「不！」中年男子說：「這傢伙不是搞整形美容的，但他卻是吹奏管弦樂器的大師，我相信，以他的資質，必能巧妙指導您如何運用十根手指，使今後小便時不致噴灑的到處都是！」

保險套

有人中了彩券第一特獎，索性把整個酒店包下，宴請所有親朋好友。

不久，酒店裡十幾個小姐便一窩蜂地跑到西藥房來買保險套。

熱心的西藥房老闆一口氣向她推薦以下十幾種知名品牌：

一、M&M保險套——只溶於口，不溶妳手。

二、Konica保險套——它抓得住我。

三、NIKE保險套——Just do it。
四、Coca Cola保險套——擋不住的感覺。
五、媚登峰保險套——Trust me you can make it!
六、飛利浦保險套——Let's make things better.
七、百服寧保險套——保護您！
八、麒麟一級棒保險套——乎乾啦！
九、青箭保險套——妳無法預料何時需要它。
十、萬寶路保險套——我不會餵牠們吃別的食物。
十一、麥當勞保險套——都是為妳——都是為妳——。
十二、摩托羅拉保險套——良機在握，一觸即發。
十三、雀巢保險套——滴滴香濃，意猶未盡。

十四、永慶保險套——這是我應該做的。

十五、HP保險套——買的聰明，用的安心。

老芋仔娶某

七十多歲的老芋仔，拜海峽兩岸開放政策所賜，終於如願地回到了家鄉。第二年，一直光棍的他，耗費鉅資準備娶一個十八歲不到的小姑娘為妻。

那天，他到醫院做全身健康檢查之後，醫生說：「從整體報告來看，你的心臟、血壓、呼吸系統均跟年輕人一樣好，唯獨性功能——似乎完全癱瘓了！」

「不！」老芋仔不禁露出奸笑，然後伸出自己的舌頭和雙手說：「我還有這兩種武器呢！」

珍惜

妻子：「如果明天就是世界末日了，你今天最想在哪裡度過？」

丈夫：「我會選擇在家裡！」

「別口是心非了！」妻子：「平常叫你做點家事，你都顯得那樣不耐煩，一到假日，又會拼命往外跑，不是跟朋友喝酒就是打牌——」

丈夫一本正經地回答：「因為——在家裡才能有『度日如年』的感覺ㄚ！！！」

省車資

阿呆問：「阿瓜！你為什麼累成這樣呢？」

「女友嫌我的薪水太低了！」阿瓜說：「所以打從今天起，我決定跟在公車屁股後面跑回家——將十五元車資省下來。」

「欸——說你比我笨你還不承認呢！」阿呆不假思索地說：「你怎麼不跟在計程車後面跑？那樣不是可以省下更多錢嗎？」

邏輯

法官：「你竟然在一個月內連續搶劫夜歸婦女六十八次，你到底有沒有良知啊？難道一點都不體諒民間疾苦？」

罪犯：「哼！這社會就是欠缺像我這樣勤勞的人，才會越來越窮的！」

法官：「這是什麼邏輯，你還狡辯！」

罪犯：「如果同胞們都能像我一樣，日以繼夜地勤奮工作，我中華民國早就走上繁榮富裕的道路了。」

電腦白癡的堅持

有一天，貨運公司的阿龍正在用電腦打報表。

嚼著檳榔的老闆走到他身旁，一看到電腦螢幕之後便搖著頭說：「阿龍啊，不是我要說你，雖然電腦是我批准買給你的，但你也不能把它占為己有嘛！」於是，在老闆的要求下，阿龍很無奈的，只好把電腦「桌面」上的「我的電腦」的圖示改成「公司的電腦」。

幸運符號

期中考剛發下考卷時，阿信突然舉手對監考官說：「報告老師，我忘了帶筆，請容許我利用五分鐘的時間跑回宿舍拿！」

監考老師不禁怒斥：「現在的學生實在太不像話了！試想，一個軍人如果不帶槍上戰場，那他怎麼可能打勝仗呢？」

罵歸罵，監考老師還是走向了阿信：「這枝筆借你！」

「不要！」豈料，阿信當場拒絕：「我必須帶自己的槍枝上場！」

監考老師再次怒斥：「怪了，用我的筆不行嗎？」

一旁的同學插嘴說道：「因為他的槍枝上面佈滿許多幸運符號，那是其他槍枝所無法取代的！」

睡不著

大明和大華上禮拜相約到朋友家打麻將，結果被朋友耍老千，分別輸掉數十萬元——

大明：「真苦呀！這幾天我都睡不

著覺，又不敢對妻子表明一切，那你呢？」

大華：「我睡得跟嬰兒一樣！」

大明：「不會吧！你又有房貸壓力，竟然比我看得開？」

大華：「不！我的意思是說，我跟嬰兒睡覺時的習慣差不多，幾乎每隔一小時就起來痛哭一場！」

與有榮焉

阿炮剛剛榮升上校，被分發到前線接管某部隊。

接管當天，他刻意塑造平易近人的形象，於是走到隊列中，在一位看似有點羞澀的新兵面前停下腳步，說：「就算在大人物面前，你的頭也可以抬高一點，對了！這樣看起來才有精神嘛！來，讓我們握個手，然後你可以寫信告訴家人、告訴你的女朋友，說跟上校握過手了，今後要成為一個真正的男子漢，我相信他們一定會與有榮焉的。」

新兵靦腆地點點頭。

「年輕人，你父親是做什麼的？」

豈料，新兵竟然笑而不答。

「快說啊！你要像個男子漢呀！」阿炮不禁有點惱火。

這時，跟在一旁的排長插嘴說道。「報告長官，他是陸軍總司令的兒子。」

比爾蓋茲

有個相當傑出的高科技電子工程師，因車禍意外身亡，死後便到天國報到。但天國守門人一時老眼昏花，誤把他的人生檔案看成肇事司機的，所以喝令他必須立刻到地獄報到。

那個工程師雖然也覺得不大對勁，但還是乖乖的進入地獄之門。

工程師在地獄裡住了一段時間後，由於頭腦好、人緣極佳，遂成立了一間高科技電子公司，並且戮力改善地獄的周邊環境。

首先，他覺得地獄實在太悶熱了，住起來非常不舒服，因此，他趕緊研發一套空調系統。

接著，他又覺得地獄全靠勞力來運輸，確實缺乏效率，因此又成功地設計出一套捷運系統。

過沒多久，他有鑑於地獄生活太寂寥、太缺乏生活情趣，便又陸續成立了電視台、廣播電台、報社、雜誌社等傳播媒體，甚至推出個人電腦、設計無數遊戲軟體，以及連結網際網路功能，促使地獄的生活完全脫胎換骨，變得比天堂還要舒服許多。

閻羅王看在眼裡、爽在心裡，有一天，祂心血來潮，便利用最先進的影像電話call到天國，向上帝炫耀地獄的長足進步。

「自從那名工程師來了以後，我們這裡的生活不再水深火熱了！他是我們的比爾蓋茲，我不排除在卸任前，請這位工程師來當我的接班人，讓他成為地獄新的領導者──。」

上帝一聽，不禁恍然大悟：「不對哦！這工程師應該上天堂的，怎麼會跑到地獄呢？是誰動的手腳？」

閻羅王肯定地說：「不是我！別冤枉人！」

「總之，我是天理的執行者，勸祢還是趕快把他送上來吧！」上帝說。

「不要！祢想得美！」閻羅王欲掛上電話。

「等一等！」上帝說：「不管祢多麼賊，限祢在日落之前把他送上來，否則——我明天就找律師告祢！」

閻羅王聽了，不禁狂笑不已——

「祢笑什麼？」上帝頗為納悶。

閻羅王好不容易才讓自己的笑聲止住，祂信誓旦旦地說：「我看您是越老越糊塗了——您有見過律師上過天堂的嗎？所有懂法律的都住在我們這裡啦！哈哈哈！！」

精明能幹

老王：「我家的雪莉實在太精明能幹了！」

小陳：「何以見得？」

老王：「我每天下班，一躺到沙發上，牠都會銜當天的晚報來給我看！」

「那也沒什麼了不起的嘛！」小陳吐槽說道：「任何一種狗，只要經過一段時間的訓練，都可以辦到的。」

「問題是——」老王眉飛色舞地說：「我家根本沒訂晚報啊！」

總統說

某日，國文老師出了一道作文題目：「假如我是李登輝總統」。

眼看全班同學埋頭苦幹、振筆疾書，唯獨小志悠哉地坐著。

「你怎麼不寫呢？」老師不解地向前詢問。

小志答道：「欸，這種小事讓我的辦公室主任去處理就行了ㄇㄟ！」

不用打了

嚴厲的父親：「上次你考全班第四十三名，我打了你四十三下——這次你考第幾名？」

兒子：「那這次你就不用打了！」

嚴厲的父親：「什麼意思？」
兒子：「因為我這次考都沒考。」
嚴厲的父親：「我咧＃＠＊＆％！」

現實

六年二班的導師向六年一班的導師告狀：「你的學生竟然在我背後罵我像一頭老母豬。」

「真有這種事!?」六年一班的導師回答：「對不起，我時常告誡學生，人不可貌相，沒想到還是有人不聽話，現在的學生實在越來越現實了。」

脫手

一名酒醉的男子，突然想投河自盡——

好心的路人見狀，立即上前阻止：「千萬不要啊！請想想你的家人吧！」

「我就是考慮到家人的處境啊！」那名男子沮喪地說：「但一個凡人，怎麼也無法逃離命運的捉弄——」

「不管怎樣，既生為人，都應該勇敢地讓自己的生命延續下去啊！」路人說：「老兄，把心事說出來嘛！或許我能提供你一些好的意見——」

於是，男子幽幽地說出自己傷心的往事：「三年前，我太太拋家棄子，跟我一名很要好的同事私奔了——」

路人插嘴說道：「老兄，請聽我說，事情都已經發生那麼久，想來你也原諒他們了。而今時今日，為了你孩子的將來著想，你根本沒理由再想不開了！」

「先生，您說得是沒錯啦——」男子依然愁眉不展地說：「只是——昨天下午，我這位好同事突然打電話給我，他說他已經反悔了，也確實受夠了——他甚至揚言明天就要把妻子退還給我——問題是——在這之前，我和我的家人好不容易才將她脫手的！」

勢必更糟

有個職業軍人中午翹班回家時，發現妻子跟一名陌生男子同床共枕，於是舉槍射殺他們——結果——自己當然被判了謀殺罪，必須接受軍法審判。

當天晚上，媒體大幅報導這則新聞，左右鄰居莫不議論紛紛——其中，住在這對夫婦樓下的王姓保險業務員表示：「幸好這件事情發生在今天，否則情況勢必更糟！」

「你開什麼玩笑？關於偷情事件，還有什麼比兩死一坐牢更糟糕的呢？」鄰居們不以為然地問。

「因為——如果她丈夫回來的時間是昨天下午兩點鐘的話，則該死的就是那四個裝潢工人，甚至——甚至有可能波及我這個無辜的目擊者呢！！！」

軍妓

老百姓：「喂，阿兵哥！現在金門前線還有沒有軍妓啊？」

現役軍人：「當然有囉！沒有軍紀怎麼可以呢？軍紀是部隊中最重要的精神食糧，要不然——那些生性較為暴躁的軍人，難保不會跑出去作姦犯科的。」

「嗯哼。」老百姓又問：「真的ㄏㄧㄡ！！！那要不要付錢呢？」

現役軍人：「為什麼要付錢呢？軍紀是提振士氣的最高指導原則，不是金錢所能衡量的。」

老百姓追問：「那些軍妓都是從哪裡的？莫非——現在已進步到從對岸走私進口了？」

現役軍人：「老實講，我們根本不需要中共那一套，有很多軍紀都是統一從老鳥傳下來給新鳥的——而最重要的就是自始至終『服從』到底！」

解胸罩

失明的算命仙仔：「小姐，請留步！我看妳有帶凶兆ㄛ！」

小如不禁停下腳步，轉頭問道：「ㄚ——我衣服穿這麼厚，大師你竟然還看得出我有戴胸罩ㄏㄧㄡ？實在不簡單耶！」

算命仙仔：「廢話——我是混什麼飯吃的？憑經驗——當然能算出妳帶凶兆囉！」

小如：「不過——那又怎樣？」

「小姐，別緊張啦！先坐下來嘛！」算命仙仔理直氣壯地說：「只要讓偶來幫妳解除凶兆，妳就可以好過一點了啦！」

小如：「我咧$#%@＊！你這個性變態、大色狼！」

快來救我

午夜時分，警局的報案電話突然響起——

「這裡是台北○○大學女生宿舍，有個專門偷竊女生內衣褲的變態狂出現了——請趕快派幹員來處理——」電話那頭傳來一男子急促的呼救。

「喂！你是舍監嗎？」警察問。

「不是！」

「那你是住在附近的民眾囉？」警察狐疑地問。

「不是啦！」報案的男子說：「我就是那個變態的內衣賊！」

「你究竟是誰？三更半夜的，搞什麼飛機啊！」警察聽到這裡，以為這人在惡作劇。

「廢話少說，你們快來啦！」對方的聲音越來越急促了。

「到底怎麼回事？趕快說清楚！」警察惱火了。

「我真的沒騙你——她們把我團團圍住，把我打個半死，還要我自己打電話報案。總之，我的處境非常危險，拜託啦！你們快來救我——我下次再也不敢了！！！」電話那頭的內衣賊，如泣復如訴。

想入非非

一天，大鳥的機車被偷了，心情鬱卒到了極點——

貌美的小如趨前安慰：「我用一隻手，讓你開心一點好嗎？」

大鳥：「妳很煩耶，我自己有手！」

小如：「那我用兩隻手交替使用，你覺得怎樣？」

大鳥：「不必了！無論使用左手或右手，感覺都差不多。」

小如：「那我用兩隻手，再加上舌頭好不好？」

大鳥：「好啊好啊！妳不能騙我喔——」

於是，小如用兩手輕按臉頰，伸出舌頭扮個鬼臉，然後就走開了。

惺惺相惜

兩個台灣人坐在上海某間酒吧裡喝酒——

其中一人開口問另外一個，「你是哪裡人呀？」

「我出生在台灣新北市蘆洲區，來這裡做點小生意。」

「咦——，你不是開玩笑吧？我也生在新北市蘆洲區耶！」

「閣下同樣是來這裡打拼賺錢的嗎？」

「一點都沒錯！」

「天啊！竟有這麼巧的事！來！為我們的際遇乾一杯！」

「對了，蘆洲那麼大，你住哪裡呀？」

「我住在我老爸的房子裡呀！那條路叫——叫什麼來著？啊！對了，就叫做集賢路，你知道嗎？」

「乖乖隆地咚，你相信嗎!?我也是住在集賢路，並且同樣住在我老爸的房子裡喲。」

「哇塞！上帝保佑你！來——為我們的親近再乾一杯吧！」

「那有什麼問題，呼乾啦！！」

「哈囉，請問你小學讀哪裡？」

「我唸蘆洲國小啊！走幾步路就到了哦！」

「那可不！這世界實在小得微不足道耶！我跟我的兄弟也都是那所小學畢業的。」

另一個人不禁興奮地跳叫起來：「老闆，再給我們一打啤酒——他鄉遇故知，今天晚上不醉不歸了！」

這時，酒吧裡的其他客人無不站起身來，給予這兩位台灣同胞一陣熱烈的掌聲。

卻見，侍者的口中振振有詞：「唉——，今天晚上這對經商失敗的雙胞胎兄弟顯然又喝多了。」

準總統夫人

某國準總統參選人看完晚報之後，相當憤慨地說：「我們的國家竟然有這麼多強暴、通姦事件，實在太不像話了，等我幹上總統之後，一定要設法讓立法院三讀通過姦淫犯去勢條例！」

準總統夫人接話：「就是嘛！最好把那些狗男人通通抓去槍斃！」

準總統參選人若有所思地瞧了自己的夫人一眼：「妳老實告訴我，自從結婚以來，妳有沒有對我不忠過？」

「老公，你怎麼會問我這種問題？」準總統夫人驚訝地問。

「妳只管作答，少跟我廢話！」

「這——」準總統夫人顯然被嚇到了：「那——如果我據實以告的話，你可不可以不打我呀？」

「不打就不打！」準總統參選人無奈地說：「我不打老婆已經很久了——這是全國社會觀察家都知道的事。」

「好吧！那我就實話實說了。」準總統夫人漲紅著臉說：「確實發生過幾次。」

「快說！不要逃避！妳的一舉一動瞞不過我的眼睛！」

「第一次發生在你攻讀博士學位的時候，那個難纏的教授說你的資質不好，恐怕無法過關，於是，我為了你的前途著想，只好跟他發生一夜情。」準總統夫人說。

「妳為了顧及我的顏面，為家族爭光，當然情有可原。」準總統參選人再問：「那第二次呢？」

「第二次發生在你擔任外交大使的時候，你還記不記得當時該國威脅要跟我國斷交的事？」

「當然記得！」

「此事如果成真的話，你勢必將淪為斷交大使，而非外交大使。所以——為了你的政治前途著想，我迫於無奈，只好跟那個國家的外交大臣做了。」準總統夫人說。

「這也難怪，原來妳還是為了我在打拼。」準總統參選人又問：「但求妳千萬不要告訴我——妳還有第三次？」

「很抱歉！」說到這裡，準總統夫人不禁聲淚俱下地說：「當然——當然要有第三次——因為——因為這次攸關你是否獲得高層的賞識，以及所有黨代表的全力支持，說什麼——說什麼我都得把自己豁出去，力挺到底呀！」

恭喜你

一位骨瘦如柴的乞丐向一個相當肥胖的富婆乞討：「夫人，妳行行好，我已經三天三夜沒吃過任何食物了。」

「天啊！太棒了！你是怎麼辦到的？」富婆以羨慕的口吻說道：「恭喜你喲，我要是有你那樣堅強的毅力就好了。」

D齒不清

上課時，阿呆跟旁邊的美美說悄悄話，老師看到了，叫阿呆站起來。

老師：「你為啥要跟美美說話呢？」

阿呆緊張的說：「我要跟他『結婚生子』啊！」

老師聽了很生氣的說：「上課時間不好好讀書，年紀輕輕的就開始胡思亂想，真是太糟糕了。」

阿呆：「老師，我……」

老師：「不要解釋了！」

阿呆：「老師，我沒有……」

老師更生氣的說：「小小年紀就想談戀愛，還要狡辯！」

阿呆鼓足勇氣，站起來大聲說：「老師，我只是說……我要跟她『借衛生紙』啦！」

心滿意足

一位濃妝艷抹、舉止低俗、行為放蕩、長得相當失控的女人在看過一部警匪槍戰片之後，頗有感觸地說：「如果我未來的老公能有男主角一半的勇敢，那我就心滿意足了！」

「會！」坐在旁邊的一位先生主動搭腔：「當然會！因為他在下定決心娶妳的時候，本身絕對具有超乎常人般的勇氣。」

幾點了

小智：「媽媽，現在幾點了？」

媽媽盯著電視機畫面，緊張兮兮地說：「八千四百五十六點！」

小智：「妳不是要帶我去看舅舅打球嗎？比賽快開始了啦！」

媽媽：「來得及！來得及！只要拉回到八千三百八十點，我們就趕快進場！OK？」

站哪邊

王太太當著子女的面頻頻數落丈夫的不是，越講越激動、越說越生氣，突然轉頭問她的小兒子說：「如果爸爸媽媽吵架，你會站在哪一邊？」

豈料，小兒子竟以堅決的口氣說：「我會站旁邊！」

吃喜酒

阿花每次參加親朋好友的喜宴，都會帶自己的小兒子一起去吃，極盡撈本之能事。

她小兒子有個習慣，凡是到過好玩的地方，下次一定還會要求媽媽再帶他去玩。

有一天晚上，兩人吃完喜酒準備離去，她小兒子在經過新娘旁邊時，不假思索地說：「媽媽，這個新娘長得雖然不好看，但他們的龍蝦好好吃喲！妳要答應我，這個阿姨下一次結婚——妳還要再帶我來哦！」

人生四季

年幼的人，喜歡過兒童節；發春期的人，喜歡過耶誕節；婚後的人，喜歡過父親節或母親節；年老的人，喜歡過春節（又多活了一年）；死後的人，喜歡過清明節（如果後代肯來掃墓的話）。

掛號

有人在診所門口大聲叫：「掛號！請快一點！」

剛到職不久的女護士旋即很有效率地問：「有沒有來過？掛號證、身分證、健保卡請準備——」

「印章！」門外那個人說。

女護士說：「不必了！」

過了許久，那人顯然等得不耐煩了——他氣急敗壞地衝進來說：

「喂！妳到底收不收這掛號信啊!?」

令人沮喪

一名俊挺的英國紳士和一名冶艷的法國女郎同乘一個火車包廂——女郎想勾引這位紳士，遂把大衣脫下，然後裸露性感的雙腿躺在沙發椅上。不一會兒，她竟開始抱怨太冷。

英國紳士好心的把自己的被子給了她，但這女郎仍不停地說冷。

「那我究竟該如何幫助妳呢？」

法國女郎毫不避諱地說：「在我小的時候，善解人意的母親總是有如冬天陽光一般，用她的身體給我取暖呢！」

「但是——」英國紳士沮喪說道：「我可不想拿自己的生命開玩笑呀！」

「你講這什麼話？」法國女郎就快氣瘋了。

「淑女，請原諒！因為——如果為了找妳媽媽而必須在這半夜裡跳下火車的話，我壓根兒無法照辦！」

訓導主任

有四個人走進同一部電梯——

分別是：一個治艷的妙齡女郎、一個老態龍鍾的ㄚ婆仔、一個看起來色色的中年男子，以及一個長得酷酷的少年郎。

突然——停電了！

電梯嘎然而止，四周漆黑一片。緊接著，有一「狼吻聲」和兩個「巴掌聲」響了起來——

過沒多久，電來了——頓時，周遭感覺分外明亮。

只見，妙齡女郎雙手抱胸，踩著細細的高跟鞋，站著三七步；中年男子則用雙手摸著臉頰，流露疼痛不已的神色。

中年男子心裡很幹，他想：「一定是這個看起來壞壞的小傢伙偷吻了女郎，但她卻誤以為是我幹的！」

ㄚ婆仔心想：「一定是這中年男子強吻女郎，被打活該！」

妙齡女郎心想：「一定是這中年男子原本想親我，卻錯吻了老太婆，所以被打了！」

唯獨酷酷的少年郎心中暗爽：「嘻嘻嘻！哈哈哈！！其實是我剛才偷吻了自己的手臂一口，然後再賞這中年男子兩巴掌的——誰叫他長得那麼像我們學校的訓導主任。」

貪念

有兩個長得非常癡肥的女人（丫花和丫美）在沙灘上漫步，走著走著，她們突然發現一個茶壺——

丫花好奇心起，便撿起那個茶壺搓了搓——說時遲那時快，竟有一隻精靈倏地自茶壺裡飄了出來。

精靈旋即跪倒在地，對這個兩個胖女人說：「主人啊！感謝妳們的救命之恩，現在我可以為妳們各自實現一個願望！」

精靈說完話，丫花便起了貪念，她趕緊搶著說：「是我先發現您的——所以——我要丫美實現願望之後的三倍！」

「當然沒問題！」精靈笑了笑，然後望著丫美問道：「儘管說出妳的願望吧！千萬別客氣！」

「太好了！」丫美大樂，忙不迭地就說：「我要擁有一副迷死人的好身材，讓那些以前曾鄙視過我的男性後悔莫及——也就是36E、24、36。」

大嘴巴

健康教育課上到一半時，男老師刻意把全班女生都叫到教室外，然後警告她們說，以下內容女子不宜，絕對不能躲在門外偷聽。

然後，老師步入教室，關上教室前後門，悄然地告訴全班男生：「我偷偷跟你們講一個秘密，當然——這也算是事實啦！女生的嘴巴越大，她們下面的嘴巴也就越大，這是千古不移的定律，你們務必銘記在心，長大之後便會慎選性伴侶了！」

老師說完，連忙要求全班男生配合，切莫把剛剛的說話內容講出去，以免引起那些大嘴巴女生的強力反彈。

全班男生都說：「好！」

於是，老師便開門請女生進來，還很擔心地一一詢問：「妳們沒偷聽吧？」

這時，全班女生無不把嘴嘟的小小的，輕聲細語地說：「沒有！我們都沒有偷聽！」

偶是男生

放學了——

阿瓜與高采烈地坐在公車上準備回家。然而，正當他從口袋掏出零錢時，卻一個不小心，一枚五元硬幣滾到前座底下去了。

於是，阿瓜拍拍前座的人的肩膀說：「這位阿姨，請妳幫我撿錢好不好？」

「什麼阿姨啊？偶是男生，不是女生耶！」坐在前座，留著一頭長髮的那個人猛地回過頭來。表情十分不悅。

阿瓜聽了馬上道歉：「對不起，我真的不知道你是男生，因為我只看到你的上面和背面，沒有看到你的正面和下面啦！」

孽緣

初嚐戀愛滋味的丫福，最近結交了一位思想前衛、作風大膽、擁有雪白肌膚的辣妹。

有一天晚上，他們到屏鵝公路夜遊，頓時天雷勾動地火，兩人便在車內搞了起來——

Y福：「妳對我的表現還滿意嗎？」

辣妹嬌喘地說：「你的傢伙又大又猛，我滿意極了！」

Y福：「這麼說──那妳以後會繼續跟我做囉？」

「當然會！」辣妹說：「對了，你都三十好幾了，究竟有沒有成家的打算啊？」

Y福：「當然想囉！如果妳是我今生的新娘，那就更棒了！」

「你是個負責任的男人，我果然沒有看錯！」辣妹緊接著問：「那──你想不想有個小孩呢？」

Y福：「小孩？想──我快想瘋了呀！結婚之後，能越快生一個小孩越好！」

辣妹：「太好了，如果是這樣，我明天就可以嫁給你喔！」

ㄚ福不禁興奮地跳叫起來：「天啊！我真有那麼大的魅力？」

「嗯。」辣妹點頭說道：「我們明天就去公證結婚，你覺得怎樣？」

「妳對我真好，我實在太幸福了，可是——要那麼急嗎？」ㄚ福問。

辣妹一絲不苟地說：「當然要快一點囉！因為——五個月之後，你就要升格當爸爸了呀！」

得寸進尺

女學員：「報告教官，我錯了！」

男教官：「妳犯了什麼錯？」

女學員：「我把一名男學員的『幹部』弄傷了！」

男教官：「莫非——他對妳做了些什麼？」

女學員：「他摸我的胸部！」

男教官：「妳是說像這樣子嗎？」（男教官伸手摸摸女學員的乳房）

女學員：「嗯。是的。」

男教官：「如果只是這樣，妳確實不該傷他。」

女學員：「他又動手脫我衣服，把我脫得一絲不掛。」

男教官：「妳是說像這樣子嗎？」（男教官伸手逐一褪去女學員身上的衣物）

女學員：「嗯。是的。」

男教官：「如果只是這樣，妳還是沒有理由傷他。」

女學員：「可是——他得寸進尺，把他的『幹部』放到我的『幹部活動中心』，然後──」

男教官：「妳是說像這樣子嗎？」（男教官露出奸笑，隨即脫掉自己身上的衣物，策馬入林──）

幾分鐘後，待一切恢復平靜時，女學員點頭說道：「嗯。就是這樣。」

男教官：「我親愛的學生啊！情色男女，乃人之大慾，持平而論，妳的確不該傷他的要害！」

女學員：「但是──事後我向他坦承自己已經得了AIDS時，他竟然伸手打我，一時之間，我為了自衛，只好踢傷他的幹部了。」

食慾

大清早，一名富翁和一位窮鬼在公園裡相遇——

窮鬼：「你這麼早起床幹什麼？」

富翁：「我來晨跑啊！希望能促進食慾，那你呢？」

「我也是來晨跑的——看看能否因為食慾大增而逮到像你這樣不知民間疾苦的大肥羊！」窮鬼掏出預藏的扁鑽，冷不防地架在富翁的脖子上說。

勒索信

文字工作者問出版社老闆：「在沉思習慣日漸衰微的今天，哪一種寫作才能賺錢？」

出版社老闆回答：「很難說耶，無論寫歌詞、寫劇本、寫笑話、寫黃色小說、寫鬼話連篇——還是有人賺取相當可觀的版稅。」

文字編輯插嘴說道：「錯了！在這治安敗壞、施政者亂搞、經濟不景氣的時候，唯有寫『勒索信』的人，才有機會大賺一筆。」

累犯

大鳥在領薪水時，猛然發現少了一千塊錢，他勃然大怒地跑去找會計小姐理論——

會計說：「喂，上個月我不小心多給了你一千塊錢，你難道忘了嗎？」

沒想到，大鳥更加惱火了。「初次犯錯在所難免，也確實值得同情和原諒，但我絕不能容忍妳這第二次錯誤，快把錢還給我啦！」

爬過來

老李：「昨天夜裡，我聽到你和你的老婆吵得很兇，結果如何？」

老王：「最後，她像野狗般地四肢跪地，向我爬了過來——那樣子說

有多好笑就有多好笑。」

老李：「嗯，你果然不簡單喔！堪為男人的表率。」

老王：「不！老李，你太抬舉我了，當時的實際狀況是——她趴在地板上向我咆哮：『你這個無三小路用的男人，快從床底爬出來，不然我就給你好看！』」

假不了

在為太太舉辦的生日舞會中，黃先生當眾將一顆五光十射的寶石贈給他的夫人，頓時，引來親朋好友熱烈的掌聲。

一位朋友對黃先生說：「瞧您夫人笑得多開心呀！但據我所知，她更喜歡跑車，倘使您送她一輛，不是更實惠嗎？」

「是的，我也曾這麼想過。」黃先生不禁雙手一攤，然後悄聲地對他的朋友說：「只可惜，轎車是假不了的！」

明哲保身

午夜時分，一對年輕夫婦在高速公路上車禍受傷，隨即被好心的路人送往林口某醫院——

女的胸前受傷，男的胯下遭受嚴重撞擊，莫不鮮血直流。但當時只有一位駐院醫師，究竟該先搶救誰呢？

女人發出痛苦的哀嚎：「先搶救我前面這兩顆吧！不然——將來不能

餵奶怎麼辦？」

這時，幾近昏迷的男人掙扎著爬起來說：「不！應該先救我才對！如果我下面這兩顆喪失功能，那女人根本就沒機會用到她的那兩顆了——」

阿標和阿淦

阿標和阿淦的老婆都在生產，兩人焦急地在產房門外踱步——

「真倒楣，我剛剛圍標一個大工程，這種事居然在我最忙的時候發生了。」阿標扼腕說道。

「你這算倒楣，那我豈不是倒大楣了！」阿淦說。

「怎麼了？」

阿淦厲聲說道：「幹！我好不容易才逮到休假機會，正想帶美美的女秘書出國玩個痛快，卻被這事給耽擱了！」

官夫人

有個知名畫家舉行抽象派畫展，吸引不少社會名流、政要、官夫人前來欣賞——

一位官夫人站在畫前喃喃自語：「天啊！這究竟是在畫什麼？」

旁邊有位懂畫的先生說：「這是畫家的兒子！」

「那——左邊那一張呢？」官夫人又問。

「那是畫家的自畫像！」

官夫人點頭說道：「太棒了！跟照片一模一樣，畫得真是好呀！哎，顯然又是個殘而不廢的傑出畫家，還是父子檔咧！不簡單——真的不簡單！」

荒謬

有個小企業負責人總喜歡在客戶面前炫耀自己的人脈，誇大自己認識許多名人——

有一天早上，他看到一個陌生人探頭探腦地走進自己的辦公室，他隨即拿起電話聽筒亂講一通：「是——我就是！院長——您早啊！什麼——對啊！副總統夫人要約我們去打小白球，是今天嗎？可是——我下午已經跟羅立委約了——就是立法院那對父子檔嘛！嗯——改天吧！我知道，改天我會找我的特助約她——好好好——沒問題！放心啦！一切包在我身上，OK？拜拜！」

放下聽筒的小企業負責人故做瀟灑狀地先為自己點了一根菸，然後問來客：「您哪裡？有什麼重要的事嗎？」

那人指著電話聽筒說：「真不好意思！我是中華電信維修員——這地區的電話線路在半個小時前已經完全不通了，我是負責來查線的！」

化學系

丫美、丫花同時愛上了丫瓜，兩人經過一場談判之後，由丫花獲得最終的勝利。

談判內容大致如下：

ㄚ美：「妳還是死了這條心吧——我叔叔是立委，我舅舅是黑道大哥，我家比妳家有錢N倍，妳永遠也搶不過我！」

ㄚ花：「可是，ㄚ瓜說我長得比妳漂亮！」

ㄚ美：「那又怎樣？ㄚ瓜誇我的床上功夫比妳好太多了！」

ㄚ花：「別惹我——我是唸化學系的哦！」

ㄚ美一聽，只得噤若寒蟬，隨即舉白旗自動出局。

剪掉

ㄚ瓜和ㄚ花相約去淡水玩，適逢午後雷陣雨，兩人被雨淋得一身濕，只好到某汽車旅館沖澡和ＱＫ——

ㄚ花：「我們不要在這裡做愛好了。」

ㄚ瓜：「為什麼？妳老公和我老婆都不知道我們出來幽會呀！」

ㄚ花：「報上說——有些賓館或旅店都會藏有隱藏式攝影機，萬一真的被拍到，那該怎麼辦？」

ㄚ瓜：「放心啦！妳的身材、容貌即使被偷拍到，業者也會剪掉再發行的！」

買雞蛋

有兩個美國年輕人來台灣留學，一位白人，一位黑人，他們合夥租屋住在羅斯福路附近——

某日深夜，黑人學生跑去PUB泡妞未歸，白人學生想吃白煮蛋，便去附近超商買蛋。

但是，他還不大會說中文，而顧超商的歐吉桑更是完全不懂英文，於是，兩人只好比手畫腳，雙方溝通了老半天。

那個白人學生見無旁人在場，遂靈機一動地拉開了牛仔褲拉鍊，然後掏出自己的傢伙，手捧著睪丸說：「Egg！Egg！OK？」

這時，歐吉桑總算心領神會了，他笑著從架子上拿出一盒雞蛋遞給他：「哦！原來你想買雞蛋啊，只是不能只買兩粒啦！」

白人學生點點頭，然後就付帳將雞蛋買回去了。

幾天之後，家中的雞蛋已經吃完，黑人學生自告奮勇要去買，白人學生便得意地將自己機智的買蛋經驗說給黑人學生聽，並衷心禱告他不會空手而回。

這名黑人學生個性較急，做事從不拖泥帶水，他來到便利商店也不跟歐吉桑多囉唆，隨即解開自己的褲子，捧著睪丸說：「Egg！Egg！OK？」

這一回，歐吉桑不禁多看了他的睪丸兩眼，然後伸手自架子上拿出一包皮蛋遞給他，且搖頭說道：「你生做這呢黑，皮蛋吃多干好!?」

一百元美金

台南有一名土財主搞外遇，他欺騙家人說要跟朋友去東南亞談生意，其實是帶著年輕貌美的辣妹到美國旅遊狂歡——

第三天，他們想做愛時，卻發現從台灣帶來的一打保險套已經用完了。那名土財主只好奉小情人之命去商店購買。

然而，到了商店之後，他才猛然想起自己的美語不夠靈光，「保險套」一詞根本不會講。

果不其然，他比手畫腳了老半天，那名老外還是不曉得他在說什麼。土財主慾火中燒，急得不得了，最後只好使出絕招——只隱約聽見「刷」地一聲——他已經順勢把自己褲子的拉鍊扯下，掏出毛茸茸的寶貝以及口袋裡的美金，一併放在桌上了。

土財主先用左手指指自己的「那話兒」，再用右手指指桌上的美金，說：「You know？」

「Good！Very good！I know！」頓時，那老外恍然大悟似的猛點頭。

接著，老外同樣解開自己褲子的拉鍊，並且掏出碩大無比的性器放在桌上，然後——他也用手指指自己的那話兒說：「Hey！man，Mine is bigger than yours！」

就在土財主感到一頭霧水時，那名老外便欣喜若狂、毫不客氣地將他放在桌上的一百元美金給沒收了。

有說過

一名中年向他的媒人婆抱怨：「對方有隻眼睛看不到，妳還介紹給我，究竟存何居心？」

「我早就暗示過你了！」媒人說：「你們見第一次面時，我便說過：她『一眼』就看上你了！誰叫你還是照追不誤呢？這下可好，如今把人家的肚子搞大了，卻嫌人家是獨眼龍，干我啥事啊？」

愛吃鬼

當媽媽去逛街的時候，五歲大的女兒向父親告狀：「爸，上次你出國時，媽媽把司機老黃帶到房間去，然後——」

「停！」她爸爸立即阻止她再說下去：「其他的等妳媽媽回來時再說吧！」

晚上，她媽媽回來了，全家人一起看電視，爸爸對女兒說：「好了，孩子，妳可以繼續講下去了。」

「嗯。」女兒點頭說道：「爸，上次你出國時，媽媽把司機老黃帶到房間去，然後——然後就像隔壁李阿姨來我們家時對你所做的動作一樣——她們都是愛吃鬼，喜歡吃冰淇淋。」

多走一趟

清晨五點，死刑犯的執行者走進牢房，一邊抖著身上的小飛俠雨衣，一邊不屑地對陳進興說：「雞腿吃完了沒？快走吧！」

陳進興：「下大雨耶！我們就這樣冒雨進入刑場嗎？」

「雞腿都吃了，你還有什麼好抱怨的？」執行者說：「為我想想吧！你只走一趟就可以了，而我待會兒還得冒雨走回來呢！」

記大過

小太妹：「我往教室外的臭水溝吐了一口痰，結果卻被校方記了個大過——」

小太保：「就因為這樣？哇——貴校的校規未免也太刁鑽了吧？事實上，妳做的沒錯啊！」

「真的嗎？」小太妹：「可是我是從四樓往下吐，因不幸擊中那個蛋頭的訓導主任才被記過的！」

道路臨檢

小李是個特技表演工作者，最擅長的項目是「平空扔耍鋼刀」——有一天夜裡，他在結束夜總會的表演，便帶著鋼刀開車回家。豈料，行經麥帥公路時遇到警察臨檢。

警察甲：「喂！快說，你混哪個幫派？怎麼隨車攜帶這麼多凶器咧？」

小李義正辭嚴地說：「別冤枉人——這是我吃飯的傢伙啦——只不過

是表演特技的道具而已！」

警察乙：「看你滿臉橫肉，教我們如何相信呢？真有本事的話，就當場露一手讓我們瞧瞧嘛！」

「好！」小李便在路旁演出平空扔耍五把鋼刀的巧妙戲碼。

這時，聽到隨後被警察攔下來的車裡有人大聲說話：「不會吧？『丫霸扁仔』走了之後，現在測試酒醉的作業卻更嚴格了!?」

標點符號

阿公嚴厲要求六歲大的孫女每天要寫日記，並且，待晚上檢查過後才可上床睡覺。

有一天，他檢查孫女的日記後，旋即把兒媳叫到跟前來，且以「紅杏出牆」為由，對媳婦大發雷霆。

媳婦深感莫名其妙，但阿公神情篤定，宣稱證據確鑿。

接著，阿公把孫女的日記簿攤在桌面上，只見裡頭歪歪扭扭地寫著：「今天下午，隔壁的李叔叔來我家玩，誇獎我圖畫得很不錯，然後，李叔叔親了我媽媽，也親了我，我們都很高興地笑了。」

「妳說謊！」她母親直喊冤枉。

這時，孫女抽泣說道：「是我一時寫太快，把標點符號弄錯了，應該是——李叔叔親了我，媽媽也親了我。」

傻瓜蛋

阿呆：「爸爸，我真的很笨耶！作業怎麼寫都寫不好！」

「不會啦！你怎麼會笨呢？」他爸爸說：「你以前的幼稚園老師不是說過，你很會說話，又會開同學玩笑——其實你並不笨，而且很有小聰明，只是不夠專心而已——」

他爸爸挖空心思，極力說服。

可是，阿呆依舊擺出一張苦瓜臉：「無論如何，我還是覺得自己很笨！」

「我再警告你一次——你一點都不笨啦！」勸到最後，終於惹得他爸爸不耐煩地開罵了：「天啊！我上輩子究竟造了什麼孽——我們家怎麼會有你這種窮極無聊的傻瓜蛋呢!?」

懶鬼

富人的成就，由窮人的淚水中獲得——

某日，一個有錢人向前來乞討的三名流浪漢說：「我有一張五千元大鈔，但只想給你們三人當中最懶的那個人，你們倒是說說看，自己究竟懶到什麼樣程度？」

窮人甲：「我已經失業十幾年了，但只要有對象可以繼續乞討的話，我絕對不會放棄現在的身分！」

窮人乙：「自出生到現在，我從未就業過，除了乞討之外還是乞討——如果獲得你那張五千元，乃實至名歸！」

窮人丙：「我好累，真的不想說也不想動了——麻煩你主動把那張五千元塞到我的口袋裡吧！」

有錢人聽完他們的告白之後，直覺認為「丙」最懶，便把錢塞到他的口袋裡去了。豈料，錢一出手，甲和乙便拼命去搶，結果由甲奪得，立即飛也似地逃離現場——更妙的是，丙只是無奈地甩甩頭，果真懶得去追。

三兄弟

有個行為放浪的女子叫「ㄚ花」，她獨自開著車到大陸內地四處兜風。

某日，ㄚ花的車在一處荒山野嶺拋錨了，幸好發現山溝地帶有個農舍，她便跑去借宿一晚。

儘管，老農夫答應了她，卻附帶條件：希望丫花能跟自己的三個兒子分別發生性關係，好讓他們見識見識女人的軀體，同時告別處男之身。

丫花見三兄弟個個身強體壯，亦高興不已。

入夜後，三兄弟靦腆地來到客房會見丫花，丫花從行囊裡取出保險套對他們說：「要跟我做愛可以，但因為我還想嫁人呢，所以，你們都必須穿上這東西才不會讓我懷孕，懂了嗎？」

「懂！」三兄弟一一應允，且先後跟丫花翻雲覆雨。

隔天下午，拖車大隊總算來了，於是，丫花便在依依不捨的情況下跟老農夫一家人揮手道別。

轉眼，三十年過去了——這時，老農夫早已仙逝多年，而丫花則是一去不復返。

仍是光棍、剛收割完的三兄弟，坐在田埂上聊天。

大毛：「你們還在意那個女人會不會懷孕嗎？」

二毛：「不會！」

三毛：「我想也不會了！」

大毛：「那好！我們現在就把這奇奇怪怪的套子拿掉吧！」

院長也瘋狂

有個女精神病患在醫院治療一段時間之後，院長邀她談話，看看能否讓她出院。

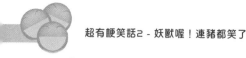

「妳出院之後，打算做什麼？」

「我打算一三五去打工，二四六去媚登峰！」

「那禮拜天呢？」

「我要設法弄一把槍來，把這裡的鬼窗子通通擊碎！」

繼續治療一年後，這位女精神病患又被院長約談，以便追蹤療效。

「妳出院之後，打算做什麼？」

「我打算找一份穩定的工作。」

「很好！」院長十分欣慰。「然後呢？」

「我要存錢買一棟屬於自己的房子！」

「非常好！然後呢？」

「我要找一個很疼我、能保護我的男人！例如：警察。」

「太好了！然後呢？」

「我會將這位警察男友帶回家裡！並且替他寬衣解帶！」

「嗯！情色男女，人之大慾——這是很正常的事！」院長頻頻點頭。

「然後呢？」

「然後——我會趁機奪走他的槍，到立法院停車場，把那些黑金選出的立委的座車的窗子一一打碎！」

這時，院長先是一陣錯愕，緊接著陷入思考，最後竟畢恭畢敬地站起來，主動和她握手：「恭喜妳，妳跟正常人的想法已經沒有兩樣了——我這就幫妳辦出院手續！」

廢話

在殘障奧運會上，來自中、美兩國的教練進行以下的對話——

中國教練：「根據我的選秀經驗，如果一個人聾了一隻耳朵，那麼，他的另一隻耳朵就會更靈敏。同樣的道理，如果一個人瞎了一隻眼睛，那麼，他的另一隻眼睛的視力也會變得更精準！」

美國教練：「您說得很有哲理，因為我也注意到了，當一個人的一條腿比另一條腿長時，較長的那條腿通常較能跨出大步！」

竹筍炒肉絲

在上課時，數學老師責怪大雄：

「你不是曾經答應過我要安安靜靜的上課嗎？而我不是也跟你說好了，如果你不安靜的話，我就要請你吃『竹筍炒肉絲』嗎？」

「是的，老師！」大雄點點頭表示同意：「沒錯，是我違背了自己的諾言——所以——即使你現在同樣不遵守當初協定的話，我也不會有任何意見的！！」

男人皆好躲

環顧一生，男人似乎都在躲——

小孩時，躲老師抓學習上的毛病；追求女友時，躲女友的家人阻礙找碴；婚後，躲老婆抓自己打麻將和搞婚外情；當了爸爸之後，躲孩子抓自己抽菸；當上爺爺之後，還得躲孫子追討零用錢。

女人皆好比

環顧一生，女人似乎都在比較中度日——

小孩時，喜歡比誰的玩具比較多、誰的洋娃娃比較美；少女時代，喜歡比誰的爸爸有成就、有社會地位；懷春期，喜歡比誰的男友較帥、較酷；結婚時，喜歡比誰拍的婚紗照漂亮、比誰的婚禮較風光；婚後，喜歡比誰的老公賺錢多、誰的外遇對象較有搞頭；當上媽媽乃至祖母之後，則喜歡比誰的孩子長得好、誰的孫子較聰明懂事。

為什麼

媽媽對兒子說：「小智，你都已經六歲了！應該自己一個人睡了吧？」

小智：「奇怪耶！那爸爸比我的年紀大得多，他為什麼不自己睡？」

金氏紀錄

有個曾經締造金氏紀錄的傢伙到北極探險，回來之後便罹患重感冒，臥床不起——

醫生警告他，如此高燒不退，必須立刻住院接受治療。

他問：「我現在的體溫多少？」

醫生答：「四十一點五度，夠嚇人的吧！」

「等等！」他急忙追問：「金氏紀錄是多少？我有機會破嗎？」

打個比方

有一天，小毛偷抽菸，被他爸逮個正著，隨即痛扁一頓——

於是，小毛跑去找母親訴苦：「媽，如果妳兒子被人打了，妳會如何因應？」

「伊娘卡好咧！誰要是敢打我兒子，我就去找他老媽算帳！再不然——我也會叫你老爸打他兒子替你報仇的。」小毛的母親緊張兮兮地問：「誰？是誰打你了？大聲說出來不要怕！」

小毛心想，到頭來還不是自己討打，只得摸摸鼻子說：「偶——偶只是打個比方啦！」

做愛的領悟

我以為我會舒服　但是我沒有
我只是怔怔地望著你的腳步　慢慢離開我床鋪
這何嘗不是一種領悟　讓我自己看清楚
做愛是奢侈的幸福　可是你始終都不在乎
我以為我會屈服　但是我沒有
當我看到你蹂躪我的衣服　在我身上不斷鬼畫符

這何嘗不是一種領悟　讓我把自己看清楚
做愛是唯一的賭注　結果卻是不忍卒睹
一場性愛就此結束　一顆心眼看就要荒蕪
我們做愛若是錯誤　願你給我同情分數
因我曾真心真意付出　你就應該滿足
啊——多麼痛的領悟　曾經你是我的全部
只是我回首來時路　每一次都做得好辛苦
啊——多麼痛的領悟　曾經你是我的全部
只願我掙脫性愛枷鎖情慾束縛搞個滿足
別再為它　受苦

龍捲風

某國的總統、副總統、行政院長帶領一大堆狗腿、幕僚去打小白球，卻不幸於途中遭受一波巨大龍捲風的襲擊，紛紛送往鄰近的醫院急救——

記者、文武百官莫不聞風而至。

過了許久，主治醫師總算從急診室走出來了——

記者：「醫師，醫師，總統獲救了吧？」

醫師沮喪地攤手說道：「唉——我們已經盡力了！」

文武百官問：「那副總統和行政院長的情況怎樣？」

醫師搖搖頭說：「唉——也沒救了！」

記者追問：「那究竟誰有救？」

只見主治醫生的精神為之一振：「只要剩下的那些狗腿、幕僚們通通成為植物人，我們的國家和人民都有救了！」

還以顏色

星期四的無聊夜晚，小謝決定去PUB把馬子——

不久，他鎖定一個頗具姿色的落單女子，便趨前搭訕：「小姐，可否請妳喝一杯？」

「什麼？你想買我出場？」豈料，那女子出乎意料之外地發出尖叫。

許多客人都本能地轉頭看著小謝，使他深感無地自容。

「小姐，妳聽錯了！我只是想請妳喝杯酒、聊聊天而已。」面紅耳赤的小謝試圖解釋。

「什麼？你想帶我去海中天汽車旅館？」女子依然放聲大叫。

這時，小謝知道自己被耍了，只得裝做若無其事地走回自己的座位，獨自喝起悶酒。

不一會兒，那女子走過來了，她向小謝點頭說道：「先生，對不起！剛剛是跟你開個小玩笑啦！其實——我正在寫一本都會情慾小說，想測試男人在那種狀況之下會有什麼反應——不過爾爾。」

「什麼？妳一次要兩萬五啊！」

為了還以顏色，小謝也靈機一動，不禁大聲嚷嚷著。

不需要女朋友了

小木偶交了一位新女友——灰姑娘。一日，灰姑娘卻對他說：「小木偶，我再也不要跟你愛愛了，每次都被木屑戳到，好痛喔！」

於是傷心的小木偶就去找老木匠想辦法。

老木匠就對他說：「這個簡單，你只要用砂紙給它磨一磨就可以了。」

幾天後，木匠遇到了小木偶，就問：「上次教你的方法如何？你女朋友滿意了嗎？」

小木偶答：「噢！有了那個東西，誰還需要女朋友？」

棋逢敵手

張三：「昨天我和王老五下了三盤棋。」

李四：「結果呢？輸贏如何？」

「棋逢敵手！」張三：「第一盤，他沒輸；第二盤，我沒贏；第三盤，我要求和局，他不幹！」

拉肚子

一位客人對服務生抱怨：「你們廚師煮的東西實在太難吃了！味道也不大對勁！」

服務生：「不會吧！」

客人：「叫你們老闆出來！」
服務生：「他剛剛鬧肚子痛，去醫院還沒回來。」
客人：「那——叫你們廚師出來！」
服務生：「他剛去隔壁店吃飯，麻煩您稍等一下。」

窮追猛打

老師非常認真地講述清朝的歷史，卻發現講台下有個學生好夢正甜。老師大為光火，隨即大聲叫醒她：「我問妳，清廷最大的外患是誰？」
那女學生誤聽為「蜻蜓」，遂迷迷糊糊地答道：「蜻蜓——蜻蜓應該最怕那些拿著樹枝窮追猛打的野孩子吧！」

八百隻羊

一個經常失眠的老婦人去找心理醫生看病，心理醫生建議她：「就寢之前，試著從一隻羊開始數，當數到八百隻羊時，應該就可以睡著了。」

幾天之後，那病患非常氣憤地來找心理醫生，且劈頭就罵：「你這夭壽、膨肚短命仔所說的方法根本無效。」

「何以見得？」心理醫生問。

「這幾天晚上入睡之前，我都照做了，但每次當我數到第三百隻羊時，不僅開始睏了，而且口渴難耐，於是我只好起來喝杯茶再繼續數下去，可是當我數到第八百隻羊的時候，卻累得再也睡不著了。」

甘婦產科

二十歲不到的少年家到賓館投宿，看見女服務生身穿緊身迷你裙，相當惹火動人，於是要求叫小姐——

女服務生：「你別傻了！那些妓女都又老又醜，花那種錢絕對會後悔的！」

少年家：「那我嫖妳好不好？」

女服務生：「不行！我有男朋友了，不想幹那種事！」

少年家：「如果妳把裙子拉高一點，我就給妳三百元。」

女服務生果真將裙子拉高兩、三公分，並得到三百元。

少年家：「如果妳把裙子再拉高點，我願意再給妳三百元！」

女服務生欣然同意，於是又拉高了一吋，並且再度獲得三百元小費。

如此行為反覆四、五次，直到女服務生的內褲清晰可見時，女服務生意有所指地表示：「這樣太麻煩了，乾脆你給我三千元，我讓你看女人生孩子的地方，而你就可以自我安慰了！」

這時，少年家已是慾火焚身，急忙掏出三千塊遞給她——

只見，女服務生挽住少年家的手走到窗前，拉開窗簾指著對街商店的招牌說：「哪！就是那裡啦！甘婦產科——。」

聖水

日本有個專門吸收年輕女性為信徒的詭異教派，嚴格規定信眾不可和男人親近，尤其做那檔事。

該教成立之初，有四個信徒一起向教主告解。第一個信徒說：「敬愛的教主啊！我有罪——我偷看過男人的寶貝。」

教主說：「沒關係，念妳是初犯，那裡有盆聖水，妳過去洗一洗眼睛，就可以洗去妳的罪惡了。」

接著，教主問第二個信徒：「那妳犯了什麼罪？」

第二個信徒說：「偉大的教主啊！我確實有罪——我摸過男人的陽具。」

教主說：「沒關係，念妳也是初犯，妳用那盆聖水洗一洗手，就可以洗去妳的罪惡了。」

然後，教主問第三個信徒：「妳又犯了什麼罪啊？」

這時，只見第四個信徒在第三個信徒尚未開口之前，竟飛快地跑到那盆聖水旁邊，猛地漱起口來。

「妳——妳這是做什麼？到底有沒有把本教主放在眼裡啊？」教主不禁怒斥第四位信徒。

「我的主啊！我知道這樣很沒教養——只是——即使殺了我——我也不想取她洗過屁股的聖水來漱口就是了！」

嫁不出去

甲：「我這輩子恐怕嫁不出去了！」

乙：「為什麼？」

甲：「我每帶一個男人回家，父親都不滿意。父親不是嫌對方太胖就是太矮，不是嫌對方太老就是收入太少，不是嫌對方太大男人就是太老實，不是嫌對方太謀略就是太愚蠢，不是嫌對方太外向就是太內向——總之，無論如何都不能使他老人家感到滿意。」

乙：「那妳應該找一個跟妳父親一模一樣的男人，看他如何再挑毛病！」

甲：「我試過了，但情況反而更糟！」

乙：「為什麼？」

甲：「前不久我找了一位很像我父親的男人，無論長相、學識、身高、體重、品味、性格、思想、黨派——幾乎完全相同，結果——」

乙：「結果如何？」

甲：「我母親和外公外婆都徹底反對了！」

惡意的挑釁

有個上了年紀的砂石車駕駛，正在路邊一間日本料理店用餐——

後來，四個奇裝異服的小太保，在餐館門口停下兩輛機車，結伴走了進來。

砂石車駕駛有意無意地望了他們一眼，結果卻惹來這四個小太保的挑釁與侮辱。

他們向砂石車駕駛丟擲碗筷，並且打翻了他的飯菜，然後笑他「老猴」——沒幹架的本事。

砂石車駕駛始終不發一語，他走到櫃檯買單，便離去了。

這時，四個洋洋得意的小太保對外型頗為潑辣的女侍者炫耀說：「哈哈哈！！這老傢伙哪像個男人啊？竟然敢瞪我們，不是找死嗎？」

「人老了確實沒搞頭！」女侍者望著窗外那輛漸漸開走的砂石車說：「別說是打架，我看他也不是個稱職的司機——你們看，他剛才倒車的時候，把那兩輛摩托車撞得稀巴爛了，自己卻渾然不知呢！」

極力推薦

身材瘦小、容貌親和的阿瓜，去應徵富裕人家的警衛工作——

管家打量他一會兒，坦承不諱地對他說：「我們需要一位身材魁梧、目光炯炯有神、能以小人之心度君子之腹的傢伙。換言之，他要有雄赳赳的體態、殺氣騰騰的的特質，機靈、易怒、一絲不苟，且能在一瞬間馬上變成惡魔般的人物！很顯然地，這些條件閣下都不具備！」

阿瓜聽了，點點頭說道：「我明白了。不過，請容許我向您推薦一位完全符合這些要求的人吧!?」

管家問：「誰？」

阿瓜正經八百地說：「我太太！」

看誰較笨

某日，有兩個陸軍上校在酒店內閒話家常——

上校甲對上校乙說：「我跟你講，我部隊裡的駕駛兵實在笨得可以，我現在把他叫過來，讓你瞧瞧就知道——」

上校甲把他的司機ㄚ淦叫了過來，然後對他說：「我這裡有一百元，你到十字路口那家汽車公司幫我買一部賓士回來！」

ㄚ淦畢恭畢敬地回答：「是！大隊長，我這就去辦！」

於是，ㄚ淦旋即往那家汽車公司跑去了。

上校甲對上校乙說：「你看，我沒鬼扯吧！這傢伙說有多笨就有多笨！」

「嗯，確實令我大開眼界，不過，你若要看笨蛋的話，我可以馬上給你看什麼才是真正的大笨蛋。」上校乙說。

接著，上校乙便叫他的傳令兵ㄚ操過來：「ㄚ操ㄚ！你現在立刻到我家看我究竟在不在？」

ㄚ操也是畢恭畢敬地回答：「是！副座大人，我這就出發。」

於是，ㄚ操也趕緊抽身而退了。

「你看到了吧？他完全不用腦子耶！我明明就坐在這裡跟你聊天，又怎麼可能會在家呢？」

「是ㄚ是ㄚ！的確好笨ㄛ！」上校甲附和說道。

與此同時，這兩個阿兵哥在街上巧遇——

ㄚ淦對ㄚ操說：「喂！你知道嗎？我老闆實在是粉笨ㄋㄟ！他竟然給我一百元，叫我去汽車公司買一輛賓士給他，難道他不知道今天是星期日嗎？售車美眉都放假去了，要向誰買車ㄚ？這事情若傳出去，準會笑掉人家的大牙！」

ㄚ操回答：「你認為這樣就叫做笨嗎？我老闆比你老闆笨太多了——

他竟然叫我回家看他在不在，ㄟ！他手上不是有一支行動電話嗎？他自己不會用打的吼?!」

一對象

天兵看完報紙，不解地問值星班長：「報告班長，您認為這兩隻象——真的有可能是兇手嗎？」

值星班長一看，發現報紙的標題是：「恆春姦屍案，逮到一對象。」

倒車

某駕駛兵載著一名天兵，準備到地震災區協助搶救，但由於唯一可以抵達災區現場的道路多處坍方，所以顯得寸步難行——

駕駛兵：「喂！我想要倒車，你幫我看看後面有什麼東西沒有？」

天兵探頭向後面空空不見底的懸崖望了望，然後不假思索地說：「沒有！什麼也沒有！」

驚人之語

一艘倒楣的海軍軍艦在海上觸了礁，眼看就快要沉入海底世界了——

艦長急得跳腳：「你們這些飯桶，大家快想想辦法嘛！」

「請大家稍安勿躁！」有位天兵突然舉手發言：「報告艦長，那有什麼關係呢？反正這艘船是總部發給我們的，所謂舊的不去新的不來ㄚ！」

邂逅

天兵：「報告班長，上次我們在公車站遇到的那個美眉，今天終於開口跟我說話了耶！」

班長：「是真的嗎？她跟你說了些什麼？」

天兵：「她叫我眼睛放尊重點——」

觀念不同

有三個來自不同國籍的軍事將領（美國人、中國人、猶太人）湊在一家飲品店喝冰咖啡。

突然——有三隻蒼蠅分別掉進這三人的冰咖啡中。

美國將領隨即叫侍者過來，要求重新換一杯。

中國將領覺得沒什麼，依舊照喝不誤。

這時，卻見那猶太將領一把抓起蒼蠅，擱置在桌上，然後對著蒼蠅大發雷霆：「吐出來！快把你剛剛喝下去的咖啡全都吐出來呀！」

開罐頭

有個不視字的天兵，家住遙遠的深山林內，入伍之前幾乎未曾受過文明的洗禮——

某日，天兵到軍中福利社買了一罐花生湯罐頭，正想大快朵頤之際，卻因用力過猛而把拉環給扯壞了。

手邊沒有開罐器的天兵，只得急急忙忙跑回福利社找那個負責販售的阿兵哥。「學長，學長，拉環壞去的罐頭該怎麼開啊？」

學長：「用ㄍ一ㄠA啦！」

於是，天兵便帶著罐頭走出室外，在確定四周無人的情況下，對著罐頭輕聲罵道：「X你娘！X你娘！X你娘哩！」

過了許久，天兵走進福利社。「報告學長，還是打不開耶!?」

學長：「你粉笨ㄋㄟ！用卡大力ㄍㄧㄠ啦！」

天兵愣在原地好一會兒，最後終於鼓足氣力、勇敢地對著罐頭大聲開罵：「X你娘！X你娘！X你娘哩——」

接力賽

在陸軍運動會一場接力賽中，觀眾席上有兩個天兵在交談——

ㄚ發：「喂！ㄚ財！最前面的那一個為什麼跑那樣快ㄚ？」

ㄚ財：「說你笨你還不承認，難道你沒看到後面有七個人拿著棍子在追他嗎？不快跑準沒命！」

理財教學

上尉：「聽說妳有一套非常穩健的理財哲學？」

女少尉：「是ㄚ！」

上尉：「快教我，好嗎？」

女少尉：「沒問題，不過這ㄊㄨㄚ你請客。」

上尉：「那有什麼問題！」

女少尉：「嗯，看到了吧——理財首部曲，就是跟他人共餐時盡量不花自己的錢。」

欠扁

班長對滿身是傷的天兵說：「在老兵毆打你之前，你自己有沒有想辦法阻止他的行徑Ｙ？」

天兵頗為無辜地回答：「當然有囉！我用各種最惡毒、最難聽的話去堵他，可是，他們仗著人多勢眾，還是狠狠Ｋ了我一頓。」

擦槍

班長：「我們在清理槍枝的時候，首先要注意什麼？」

天兵：「先看看槍枝的號碼。」

班長：「欸，這跟號碼有什麼關係？」

天兵：「千萬不要擦錯了別人的槍，要不然就會白忙一場。」

失火了

某夜，營區寢室突然失火了，營長旋即鳴笛，警示全體士官兵速往連集合場移動——

但這時，天兵丫祥竟然還坐在床上慢斯條理地穿軍服。班長見狀，大聲吆喝：「丫祥，你他媽的別穿軍服了，快往外面跑啦！」

過了許久，班長發現天兵丫祥仍未跑出來，於是又聲嘶力竭地往寢室內喊：「你他媽的還在裡面幹什麼啦！再不跑就會被燒死ㄋㄟ！」

天兵丫祥：「好啦好啦，我把最後這雙襪子脫掉就出去了嘛！」

報復

班長問天兵：「你的頭怎麼『腫一擂』？」

天兵：「唉呀，我實在超倒楣的，走路一個不小心，竟然撞到了一根電線桿。」

班長：「奇怪，那你的腿怎麼也破皮受傷了？」

天兵：「報告班長，電線桿敢撞我的頭，我當然也狠狠踢它一腳囉！」

戒菸

彈藥庫的牆上清楚寫著「嚴禁菸火」四個大字——

執勤的老兵正對一名在庫房四周走動的新兵吆喝：「小子！你他媽的每天在這裡走來走去，到底存何居心？」

新兵：「沒有哇！報告學長，我是到這裡來戒菸的啦！」

一家人

一批新兵剛下部隊，由一名老士官長負責接待——

老士官長對他們說：「大家不必太緊張，我們以後就是一家人了，只要能和睦相處，萬事ＯＫ！」

天兵「發仔」聽到這裡，便擅自離開隊伍到樹下抽菸。

老士官長見狀，火冒三丈的趨前責問：「你這傢伙搞不清楚狀況嗎？

我話還沒說完呢！」

「正如您所說的，這裡就是我的家啊！」天兵說：「我在家想抽菸的時候，都是走到庭院樹下解決的呀——」

「死老百姓，你確實沒聽錯，這是你的家！」老士官長說：「現在我以大哥的名義，命令你抽完這根菸之後立即去廁所幫媽媽打掃！」

偷拍

一個已婚上校某日在路上行走，突然有個陌生男子趨前搭訕：

「老兄，你上個禮拜帶著你部隊裡的女上尉到墾丁度假偷情，對不對？」

上校：「喂！干你啥事？」

陌生男子不假思索，立即掏出一大疊照片對他說：「整個偷情過程都被我們偷拍下來了，你打算怎麼辦Ｙ？」

上校將照片逐一看過之後說：「好吧！既然你們的拍照技術這麼棒，給我全部加洗一張好了！」

陌生男子：「哇咧＠＃＄％——」

自我介紹

剛被分發到本軍事單位的一名中尉排長，在莒光日課堂上做了以下的自我介紹：「我『未必會』是勇敢的、我『未必會』是認真負責的、我

『未必會』是絕對服從軍中紀律的——」
霎時，士官兵一片譁然。
豈料，他緊接著說：「各位同志好！我的名字就叫做『魏陞彙』！以後請大家多多指教！」

請假

天兵：「輔仔，我想請五天假，可以嗎？」
輔導長：「做什麼？」
天兵：「還沒決定？」
輔導長：「你是藝術家嗎？」

天兵：「不是，當兵之前我是油漆工。」

輔導長：「那就不要存有太多的幻想！」

工具

有位年輕的中校被分發到邊疆地帶的軍營去鎮守——到任的第一天，他看到兩個大兵為了一隻駱駝在幹架，中校便問站在一旁的少尉確切原因。

少尉答道：「報告中校，由於本軍區四周都是沙漠，且營中清一色是帶棍的，所以，那隻母駱駝也就淪為士兵們解決性慾需求的唯一工具。」

中校聽了大怒，遂命令少尉把那隻駱駝關起來，並且揚言：今後若沒有本人下達命令，誰也不許去開門。

但有一天晚上，中校突然感到慾火難耐，便偷偷地跑去找少尉，要他把關駱駝的鐵門打開。

中校進去後，隨即抓著駱駝開始辦事，那少尉則在一旁看得目瞪口呆。

辦完事之後，中校一邊穿上褲子一邊得意洋洋地問少尉：「怎麼樣Y？比起那些大兵來，我的操槍技術如何Y？」

少尉答道：「報告中校，您的短槍果然不同凡響，不過──那些兵都是騎著駱駝去隔壁村莊找女人的呀！」

體檢

有一位預備要當兵的年輕人，正排隊等待檢查「弟弟」——由於看到前面幾位體檢的過程，只要醫官說些什麼，大家就照著指令動作，因此，輪到他檢查時，一聽到醫官說：「拿上來吧！」便很自然地走向醫官，然後將「弟弟」掏出，順勢擺在桌上。

這時，醫官不禁發出訝異之聲：「小夥子，你在幹嘛呀？」

「你不是說拿上來嗎？」

「搞什麼飛機？我是說體檢表啦！」醫官很生氣地說。

調整靶位

我們連上的上士班長由於異常肥胖（擁有超大的肚腩），弟兄們也就往往拿他當消遣的對象。

某日，大雄看見他老婆帶著兒子前來會客，回到中山室之後，便和大夥兒八卦起上士班長這麼胖，如何跟老婆做愛、生孩子這檔事來了——

在討論過程中，小夫的推論顯然較具創意，他說：「做愛時，上士班長先自己動手『五打一』，並且叫老婆光著身子在正前方待命，等到再也難以按捺之際，上士班長就命令他老婆調整靶位，快快！左一點！高一點！瞄準完畢——發射囉！」

行李牌

這是十幾年前發生在高雄機場的真實笑話，有兩名蛋頭新兵首次休假，急著搭機返家探親——

在此之前，他們聽班長說機場有憲兵會對士兵詳加檢查，於是兩人特別注意自己的服裝儀容，皮鞋亦擦得相當光亮。

直到劃位時，兩人都因沒遇到憲兵的刁難而感到欣喜莫名。然而，就在這時後面突然傳來一聲：「復興中華——」

兩名新兵一愣，緊接著露出驚恐的神色，連忙立正站好，且高聲答道：「還我河山！」這樣的行徑不禁惹來周遭人等一陣哄堂大笑。

只見，一位機場行李員走了過來，說：「哎呀，緊張個什麼勁兒？我是在問你們要搭復興航空還是中華航空啦！」

妙問妙答

以下是兩名阿兵哥在執行崗哨勤務時的無聊對話——
老兵：「用一句話來形容窮追女人的男人？」
新兵：「越追越窮！」
老兵：「哪一種人最注意內在美？」
新兵：「扒手！」
老兵：「為什麼男女接吻時要閉上眼睛？」
新兵：「因為愛情是盲目的！」
老兵：「為什麼絕大多數的父母都有重男輕女的觀念？」
新兵：「因為——本來就男重女輕嘛！」
老兵：「為什麼有那麼多人喜歡看禁書？」

新兵：「想知道為什麼會被禁ㄚ！」

老兵：「咖啡不加糖是什麼滋味？」

新兵：「當然就是自討苦吃囉！」

老兵：「一氧化碳的哥哥叫什麼名字？」

新兵：「二氧化碳！」

老兵：「那——稻油（醬油的台語）的哥哥叫什麼名字？」

新兵：「是鹽嗎？」

老兵：「當然不是——」

新兵：「莫非是醋？」

老兵：「也不是啦！」

新兵：「那到底是什麼ㄚ？」

老兵：「你怎麼那麼笨ㄋㄟ？當然是稻油哥（醬油膏）嘛！」

遺書事件

小夫在淡水當兵，負責某崗哨衛兵勤務——

某日，小夫才剛剛上哨，突然有位阿婆走到他的身邊，拿著一包用牛皮紙袋裝的東西，很慎重地對他說：「這一包是我的遺書，等一下我孫子會出來拿，麻煩你幫我轉交給他。」

小夫心想好ㄚ，既然她的孫子也在這裡當兵，幫她服務一下未嘗不可，於是就答應了。

但當回過神來什麼是「遺書」時，這位阿婆已經騎車往海的那一邊揚長而去了。

小夫大感不妙，這位阿婆連遺書都寫了，該不會要立即去做什麼想不開的事吧——萬一，阿婆真的跑去跳海了，那他豈不是得為自己一時疏忽而愧疚一輩子嗎？

「儘管阿婆年事已高，但好歹也是一條人命ㄚ！」小夫越想越苦惱，於是趕緊脫離崗哨，以飛快之姿往海的那一邊跑，希望能即時制止阿婆做出輕生之舉。

然而，當小夫上氣不接下氣地跑到海邊時，卻不見阿婆的身影，這使他更加惶恐不安了！小夫猶豫片刻之後，旋即又以百米八秒八的速度奔回營區，再以無線電呼叫憲兵單位，報告此一緊急狀況。憲兵單位接獲這項訊息，也全都緊張起來，除了派出大批憲兵沿海四處搜尋，還求助警察單位支援，強力展開救援行動。

然而，隨著時間一分一秒的過去，巡邏憲兵和員警卻逐一回報「並無發現」的訊息，更詭譎的是，阿婆的孫子也一直未出面指認那包遺書，使大家猶如熱鍋上的螞蟻，莫不提心吊膽，屏息等候——

這時，一向精明幹練的連長終於說話了：「阿婆的遺書中，或許會有相關的線索也未可知？」

於是，在下一個時間裡，小夫奉命打開牛皮紙袋——結果，裡面裝的竟是——淡水名產「魚酥」！

當機立斷

大雄在金門當兵，好不容易撈到三天榮譽假，準備搭機返家探親，但在訂機票時，女服務員的態度奇差無比，將他惹毛了，於是，大雄便打電話給該航空公司的總經理，極盡抱怨之能事。

大雄：「總經理ㄚ，你知不知道你們的服務員態度很差耶！」

總經理：「應該不會吧？」

大雄：「不然你自己假裝是客戶，打電話去測試一下不就知道了。」

總經理覺得這樣也好，於是就打去了。果然，那女服務員的態度真的很糟糕，所以也把總經理惹毛了。

總經理：「妳知不知道我是誰ㄚ？敢這樣跟我講話！」

女服務員：「我管你是誰ㄚ！」

總經理：「公司大大小小的事都得歸我管，我是妳的總經理啦！」
女服務員：「ㄛ！你是總經理ㄚ！那你知不知道我是誰呢？」
總經理一愣：「不知道——」
「那就好！」於是，女服務員當機立斷，隨即把電話給掛上了。

台灣國語

某假日，有個歐巴桑來到新兵訓練中心——
歐巴桑：「偶要回扣！偶孫住低佳做冰啦！」
會客室裡的服務人員：「那請您先在會客單上簽名吧！」
歐巴桑：「偶不速住ㄋㄟ！」

服務人員看她這樣，於是勉為其難地幫她填。

服務人員：「您叫什麼名字啊？」

歐巴桑：「錢妓姦。」

服務人員：「ㄚ？聽不太清楚，請再說一遍好嗎？」

歐巴桑：「錢是很多錢的那個錢啦，妓是妓女的妓啦，姦是強姦的姦啦！」

服務人員詫異至極：「哇靠！今時今日，怎麼還會有這麼俗又有力的名字？」

登時，一旁的班長插嘴說道：「歐巴桑，麻煩您把身分證拿出來給我們對照一下好嗎？」

歐巴桑打開厚重的皮包，翻找了很久總算找到了自己的身分證。

這下，大家才恍然大悟，原來——歐巴桑叫「陳敬娟」而非「錢妓姦」（耳東陳的陳，敬禮的敬，嬋娟的娟）。

痛不痛

有一個新婚的少尉，他超愛水乳交融，甚至連老婆懷孕期間也不肯放過——

十個月之後，兒子出生了，但一開口便很生氣地要找他的老爸理論，於是，醫師便把少尉找來。

只見，這兒子竟伸出中指，用力戳戳他老爸的頭說：「喂！你很差勁ㄋㄟ！痛不痛？你看這樣會不會痛ㄚ？」

黃湯下肚

有一個中尉染上酒癮，動不動就發酒瘋——

某日，副大隊長把他叫去訓話，不斷告訴他關於喝酒的害處。「你ㄚ！假若不喝酒的話，其實老早就升少校了。」

中尉回答他說：「可是說實在的，每當黃湯下肚之後，我總覺得自己已經幹上上校了呀！」

第三隻腳

「蹲下——換腿——再換腿。」

在連集合場上，班長正在操練班兵的「蛤蟆功」。

二兵段天德由於底盤功力不足，一時支撐不住，也就突然往前猛撲，摔了個狗吃屎。

班長怒喝：「段天德，你咧衝啥？」

段天德：「報告班長，哇咧測試自己第三隻腳的功力啦！」

斑鳩

某日，部隊野外出操時，班長要大家先原地休息一會兒——

休息過程中，阿福無意間在草叢深處逮到了一隻斑鳩，喜不自勝。而就在此時，班長突然喊集合了，阿福只得將斑鳩藏在褲袋裡，急急忙忙地集合去。

點名時，班長發現阿福在隊伍中一直動來動去，遂破口大罵：「你搞什麼飛機，幹嘛動來動去呀？」

阿福一時緊張，竟然這樣答道：「報告斑鳩，我——抓到了一隻班長耶！」

向後轉

一個長得十分矮小的新兵走進浴室，由於一時失神，被一個長得十分高大的老兵撞倒在地——

高大的老兵往下看看矮小的新兵，然後開口說道：「我有七呎高，三百磅重，陰莖十五吋長，左右兩邊的蛋蛋各重兩磅，我叫Turner

Brown。」

結果，那位新兵竟然昏過去了。

老兵旋即把新兵提起來，並且拍拍他的臉頰，直到把他弄醒。

「喂！學弟，你怎麼嚇成這樣？」老兵問。

新兵說：「對不起，學長剛剛說什麼？」

老兵說：「我有七呎高，三百磅重，陰莖十五吋長，左右兩邊的蛋蛋各重兩磅，我叫Turner Brown。」

新兵說：「好哩佳在！我還以為你命令我向後轉（turn

around）呢！」

股票愛情學

部隊裡的輔導長是股票族，開口閉口都是理財經，他甚至運用了「股票投資學」來詮釋自己的「愛情觀」，頗令人玩味。

一、一見鍾情——順勢而為，切莫逆向操作。

二、追求——就是要把握消息面，迅速搶進。

三、熱戀——持續加碼。

四、苦戀——戒急用忍，靜心等待。

五、失戀——該砍就砍，持盈保泰。

六、情變——要有高度的風險意識，設定停損點。
七、一夜情——最好當日沖銷。
八、E世代的愛——設定滿足點，實現獲利。

流D水

大頭兵：「雨下得真大！」
檳榔妹：「是Y！」
大頭兵：「我想——應該是老天爺正對妳流口水喲！」
「我可不這麼認為——」檳榔妹：「應該是老天爺正在唾棄你吧！」

足球賽規則

夫妻倆看歐洲盃足球賽，妻子興奮不已，抱老公撒嬌：「老公，今晚你也要射我的門喔！」

丈夫一把推開妻子：「妳懂什麼啊！射自家門算對方得分，射別人的才算得分啦！」

傻事說

士兵甲：「你不要再喝了，小心喝醉會做出傻事！」

士兵乙：「這附近的女人如何？」

士兵甲：「看起來不怎樣。」

士兵乙：「那你放心，我做不出什麼傻事的。」

到妳心裡

大頭兵：「我可以向妳問路嗎？」
檳榔妹：「想去哪裡？」
大頭兵：「到妳心裡Ｙ！」
檳榔妹：「只要你肯閉上眼睛，跑到馬路正中央，相信很快就會到了！」

犧牲

輔導長：「你不是跟我說過，酒害人不淺，決心要戒掉了嗎？為什麼此時此刻又喝得酩酊大醉？」

即將退伍但老婆卻已經跟人家跑了的老兵：「唉，與其留著害學弟，不如我把這一箱酒全幹光，犧牲我自己算了！」

長眼睛

軍醫問一名罹患愛滋病的阿兵哥：「你知不知道是誰把愛滋病傳染給你的？」

阿兵哥：「我怎麼知道？我的背後又沒有長眼睛！」

產假

阿福以他太太即將生寶寶為由，向副隊長告假回家。

數日後，阿福回到部隊，副隊長問道：「老婆和小寶寶都平安無事吧？」

豈料，阿福竟納悶地問：「什麼小孩ㄚ？」

副隊長：「當然是指你老婆所生的小孩ㄚ！」

「我不能確定——」ㄚ福：「那還要再等十個月。」

不怕死

一位少婦在產房中待產，陣痛使她不停地發出哀嚎——

少婦對愣在一旁的丈夫哭喊著：「你還在當兵耶！叫你戴你不戴，都是你害的啦！以後你休假回來，我死也不肯跟你做愛！」

「是！是！」年輕丈夫只得趨前安撫，頻頻點頭。

兩個月後，年輕丈夫休假歸來，兩人果真因賭氣而分房睡覺。

直到夜深人靜之際，陣陣敲門聲把這位阿兵哥給吵醒了。「誰呀？」他睡眼惺忪地問道。

「老公！不怕死的人來了！」再也無法按捺自己的少婦在門外低聲地說。

卸妝之後

有個大頭兵極力向一位濃妝艷抹的檳榔妹搭訕——

那辣妹不堪其擾，便很生氣地對大頭兵說：「別煩我啦！再吵的話，我立刻卸妝給你看ㄛ！」

班表

有個ㄚ兵哥，入伍之後因很少「那個」而顯得悶悶不樂。

某日，他委實難以壓制慾火，遂找班長尋求解決之道。

班長聽完他的訴苦之後，就說了：「我可以幫你解決此一困擾，你有沒有看到廁所旁邊有一個洞？」

「有。」ㄚ兵哥看到了。

「你把自己的傢伙放進那個洞裡，應該就可以解決了。」

ㄚ兵哥聽完之後，旋即遵照班長指示跑去廁所旁邊——而當他把那傢伙放入洞裡時，感到越來越舒服，最終果真完全棄守了。

那ㄚ兵哥食髓知味，隔天又跑去問班長：「還可不可以再讓我解決一次ㄚ？」

班長說：「當然可以！但星期三你就不能去ㄛ！」

「為什麼？」ㄚ兵哥問。

班長說：「因為根據班表，每逢星期三，得輪由你去蹲在那個洞對面！」

軟硬兼施

有位少校在飯店大廳，想走到櫃檯問服務生一個問題，然而，當他轉身之際，一不小心竟A到了身旁一名妙齡女郎，而且是手肘直接觸及到她那豐滿的胸部。

少校旋即轉身致歉：「小姐，如果妳的心跟妳的胸部一樣柔軟的話，我相信妳一定會原諒我的！」

「嗯哼。」那妙齡女郎答道：「如果你的『那話兒』跟你的手肘一樣堅硬的話，那麼，我不但可以原諒你，而且將在2618號房等你ㄛ！」

奮力一勃

有三位不同國籍的阿兵哥（包括：日本兵、中國兵、美國兵）一同前往非洲探險，結果誤闖禁地，慘遭食人族逮捕。

三人苦苦哀嚎，乞求食人族酋長網開一面。

酋長就說了：「如果——你們的陰莖加起來的長度能超過二十公分的話，老子就放你們一條生路。」

三人大喜，旋即脫掉褲子，讓當地女巫進行測量。結果，美國兵是十二公分，中國兵是六公分，日本兵是三公分，總計為二十一公分，剛好超過二十公分的門檻。

於是，食人族酋長依照承諾，將他們釋放了。

回程途中，美國兵自得意滿地說：「要不是我的陰莖特別長（十二公分），你們兩個必死無疑！」

中國兵就說了：「雖然我沒你那麼長，但至少也在水準之上啦（六公分），要不然，你們兩個都休想活命！」

日本兵聽完，也不甘示弱地說：「哼！要不是我在關鍵時刻奮力一勃（三公分），你們現在還能在這裡說風涼話嗎？」

嘴巴

一名海軍少尉帶著他的寵物——「鱷魚」走進一間酒吧——

他把鱷魚放在身旁的椅子上，然後轉身對驚訝不已的酒客們說：「跟大家做個交易吧！我先把鱷魚嘴打開，再把我的『迪地』放進去，然後，牠會自然而然地閉上嘴巴，且在半分鐘之後打開。如果——我的傢伙取出時毫髮無傷，在座的各位都請我喝一杯，以做為目睹這神跡的回報，萬一表演失敗，個人就自嘆倒楣，這樣的交易如何？」

酒客們喃喃討論了好一陣子，最後一一允諾了。

那海軍少尉便站在吧台前脫下褲子，並且從容地把自己的寶貝放進鱷魚所張開的嘴巴裡。

鱷魚很快地合上了自己的嘴——全場觀眾無不屏息以待。

約過了半分鐘，那海軍少尉拿起一個空酒瓶，用力敲打鱷魚的頭部，而鱷魚旋即張開嘴，他也果真毫髮無傷地取出了自己的傢伙。

「我的老天爺ㄚ！這實在太神奇了！」

親眼目睹此一表演的酒客們，莫不給予熱烈的掌聲，並一一送上好酒給那位海軍少尉。

不久，那海軍少尉竟又站起身來，提出另一個建議：「我現在出一千美元給在場任何一位膽敢嘗試此項表演的人。」

席間一陣沉默——

過了一會兒，卻見酒吧後方舉起了一隻玉手，有個金髮碧眼的女郎羞怯地走了出來，說：「我可以試試看嗎？但你一定要先答應我一件事——」

「咦？」海軍少尉滿臉狐疑。

「你要溫柔一點，可不能用空酒瓶敲我的頭ㄛ！」女郎

說道。

慰藉

成功嶺上，一位新兵在三更半夜突然起床向安全士官報備上廁所，但進入廁所之後，卻許久未出。

安全士官覺得奇怪，怕是逃兵，遂跑去廁所一探究竟。

他小心翼翼地觀察周遭，發現那名新兵還在裡頭上廁所。再走近些，竟聽到那名新兵似乎正在喃喃自語。

這會兒，安全士官更好奇了，他索性湊近門邊，側耳傾聽——

只聽見新兵說話越來越急促：「老二，老二，快出來丫！不要因為媽媽不在這裡，你就不聽使喚好不好！」

想你

年輕少校告訴情婦：「我飛車過來找妳時一直打噴嚏，可是又不太像感冒。」

情婦：「那是因為我躺在這床上拼命想你的關係嘛！」

次日，少校帶領部隊行軍過橋時，他竟又一連打了好幾個噴嚏，並且差點因此墜落到河谷中。

少校不由自主地頓足開罵：「騷婆娘，就是想我也要看在什麼地方嘛！好咧佳在——」

人盡皆知

有一天，大頭兵邀約檳榔妹一起到陽明山看夜景。在如此羅曼蒂克的情境下，兩人的情慾逐漸高漲，遂決定躲到草叢深處好好溫存一番——

檳榔妹索性將她的手放在大頭兵的胸口：「大頭哥哥，這是什麼啊？」

大頭兵：「這是我健美的胸部ㄚ！」

檳榔妹發出媚笑，繼續將手往下移，「大頭哥哥，這又是什麼啊？」

大頭兵：「這是我結實的腹部ㄚ！」

接著，檳榔妹竟又將她的手往下探底，「大頭哥哥，這又是什麼東東啊？」

大頭兵不禁露出賊笑：「這是我最自豪的幹部喲！」

與此同時，大頭兵當然也不甘示弱，他先將手放在檳榔妹的胸部，語帶淫意地問：「美眉，這是什麼啊？」

檳榔妹說：「這是我豐滿的胸部丫！」

接著，大頭兵繼續將他的手往下移，「美眉，這又是什麼啊？」

檳榔妹柔情似水地說：「這是我細緻的腰部丫！」

緊接著，大頭兵又將他的手往下探底，「美眉，那這又是什麼東東啊？」

檳榔妹露出一臉淫笑：「那還用問嗎？這當然就是人盡皆知的『幹部活動中心』囉！」

老師騙錢

以前高中的時候，隔壁班同學做過一件很妙的事。

有一個教得很爛的老師在他們班上課時，他舉手了：「老師，我要去打電話……」

「上課時間打什麼電話？」老師不悅的說。

「我要去打電話報警啦！這裡有人在講台上騙錢啦！」

全班狂笑，老師則是氣到說不出話來。

主播鬧笑話

國內某大電視台主播胡美女，長得一副非常「妖嬌」模樣，很受採訪對象的喜愛。

她在採訪線上的糗事不斷被新聞界當成茶餘飯後的笑柄，據說官員只要聽到胡美女來訪，不自覺地認為，絕無冷場，可能又有新的烏龍笑話。

實例一》胡美女播報新聞最有名的笑話，有一回播報某條關於「飛機在空中盤旋一周後離去」的新聞時，胡美女以她那美豔臉孔背後的偌大腦袋，自以為聰明地把新聞用詞私自「口語化」，改成「飛機在空中盤旋一個星期後離去」，當場令新聞導播和在場的工作人員差點吐血。

實例二》胡美女有一次參加農委會有關保育稀有動物的記者會，各家媒體都沈醉於發問相關專業性問題時，胡美女突然舉手問當時的孫主委說：「請問主委，櫻花鉤吻鮭和綠攜龜到底有什麼不同？一般民眾要如何分辨？」

只見口中含笑的孫主委不徐不緩地回答說：「胡小姐，這兩種動物，一種是魚，一種是龜，完全不同。」

實例三》有胡美女參加的記者會場合，很容易製造歡樂氣氛，不但像農委會這樣溫馨的單位，有了胡美女就絕無冷場 就連莊嚴保守的國防部這種部會，胡美女照樣帶給大家回味無窮的樂趣。

有一回，國防部召開有關經國號戰機記者會，遲到的胡美女一進入會場，坐定後立刻舉手發問說：「請問經國號跟IDF有何不同？」

結果主持記者會的一位國防部中將，表情嚴肅地答稱：「一個是中文，另一個是英文。」

實例四》胡美女的採訪笑料不但沒有國界及地域之分，連海峽對岸的新聞也能成為她編織烏龍笑話的題材。

有一回在電視台播完新聞後，她斜著頭問一位同事說：「好奇怪，剛才播一條有關海基會秘書長到中山陵拜國父衣冠塚的新聞，秘書長為什麼要去拜大陸的國父？」

同事很訝異的回答說：「他去拜的國父就是孫中山啊！」

胡美女還是很迷惘，接著就問：「大陸的國父不是叫做『衣冠塚』嗎？」

實例五》又有一回播報陽明山花季新聞時，電視畫面正在播出民眾賞花鏡頭，忽聞胡美女的旁白：「陽明山花季要開始了，各位觀眾可以看到，現在整個陽明山真是百花爭『拼』。美麗極了。」

頓時全體工作人員，全部聽得一頭霧水，何時百花爭「姸」變成了百花爭「拼」？

而電視機前的觀眾也紛紛開始玩起查字典遊戲。

實例六》還有一個關於胡美女新聞專業、常識與判斷的採訪笑話：某次採訪南部海軍基地時，胡美女發現國軍的直升機竟然可以在海軍軍艦上自由升降，認為這是國軍足以傲視全球的驚人成就，她於是就近採訪該海軍基地指揮官，並表明準備好好做這一個具有意義的專題報導。

只見這位接受胡美女專訪的海軍指揮官，以相當鎮靜的口氣向胡美女說：「其實我還可以告訴妳另一個值得做專題報導的題材，那就是我們的潛水艇可以潛到海裡。」

●漏網消息　又有一天胡美女採訪「分屍案」，開口就問偵察的檢察官說：「請問這件分屍案有沒有『他殺』的嫌疑？」

愛之味？

考試時，出現了這樣的題目：

六、

（　）之謂（　）

（　）之謂（　）

（　）之謂（　）

（　）之謂（　）

以上（　）兼備

結果康康寫：

（愛）之謂（脆瓜）

（愛）之謂（菜心）

（愛）之謂（土豆麵筋）

（愛）之謂（鮪魚片）

以上（初一十五）兼備

憲兵臨檢

丫飛是某軍團副司令部的隨從，由於曾勇奪全國跆拳道亞軍，加上外貌剛毅沉穩，一直深受長官的信賴。

某日，他老闆說：「丫飛，你去借輛得利卡廂型車，我想把放在會議室那邊的盆栽通通載回家去。」

（因為他老闆剛升了官，一時之間收了很多花）

Ｙ飛於是就跑去借了。

在開車回家的路上，他老闆似乎對這輛「得利卡」很感興趣，所以就問了許多關於開廂型車的操作問題，最後甚至說：「Ｙ飛，你下來，換我來開！」

Ｙ飛心想：不會吧！但看他老闆那麼熱切，也就不敢回絕，自己則待在一旁做督導，心中開始默唸阿彌陀佛——

果不其然，一路上他老闆大錯不犯、小錯不斷，跟人家會車時有好幾次都出現險象環生的恐怖畫面。

後來，車過了辛亥隧道，突然跑出一群憲兵，硬是把他們的車給攔了下來。

ㄚ飛心想：不知好歹的死憲兵，遇到我們不快閃，還敢臨檢，但隨後又想，糟了個糕，今天開的是得利卡，而非黑頭車，這下恐怕要費點唇舌了。

車子被攔下後，憲兵開門盤查，馬上覺得有點不大對勁，於是急急忙忙用無線電回報——

「什麼狀況？」

「報告隊長，我們攔到長官了——」

「什麼長官？」

「報告隊長，不太清楚耶！」

「不清楚？是將官級的嗎？」

「報告，好像還要大ㄋㄟ——」

「ㄛ！會不會是總司令？」

「報告，好像還要再大耶——」

「什麼？難道是參謀總長？」

「報告，應該還要大咧——」

「怎麼可能？那部長你總該認得吧？」

「報告，我確定他不是部長——」

「那麼，是院長囉？」

「報告，我想還要更大吧！」

「總統？」

「搭你嘛幫幫忙，怎麼可能會是總統？總統誰不認識ㄚ？」

「混帳！你他媽的不會主動問清楚嗎？」

「報告隊長，我——我不太敢問啦！因為——因為替他開車的是中將ㄋㄟ！」

考駕照

在五堵監理站櫃檯，有個要考摩托車駕照的中士正在趕辦手續中

櫃檯小姐：「考重型還是輕型？」

中士：「當然是重型！」

櫃檯小姐：「九十！」

中士：「125！」

櫃檯小姐：「九十啦！」

中士：「是125啦！」

那櫃檯小姐突然擺出一副死魚臉瞪他——

「跩個什麼二五八萬？臭三八！」那中士也不甘示弱地回瞪。

直到排在後面的一位老伯伯提醒中士，他這才恍然大悟——

乖乖地掏出一張百元鈔票來繳費。

跟蹤間諜

教官：「當我們在跟蹤間諜時，隨身的基本配備有哪些？」

班兵甲：「望遠鏡——倍數越高越好。」

班兵乙：「照相機、錄音機——收集證據時，做為拍照或錄音之用。」

班兵丙：「筆記本——逐一記錄對方出入的場所和交際的對象，以利盤查。」

班兵丁：「行動電話——一旦發現對方正進行間諜活動時，方便呼喚戰友前來火力支援。」

班兵戊：「隨身藥物——萬一遇到危險狀況，或目睹緊張畫面時，可預防自己因承受不住驚嚇而出現暈眩過去的不幸狀況。」

班兵己：「糧食——為了達成持續跟蹤的目的，這是最不可或缺的！」

出奇制勝

話說三國時代，兩軍（張飛與曹操）遙遙相對，只能比手畫腳，進行心戰喊話——

- 曹操伸出「兩指」，張飛則伸出「一掌」。
- 曹操伸出「五指」，張飛則伸出「兩手十指」。
- 曹操拍自己肚子一下，張飛則拍自己的屁股一下。

曹操憤而退回軍營，邊走邊罵：「人家說張飛是個粗人，果真如此，他的嘴舌奇臭無比。」

幕僚趕緊趨前詢問怎麼一回事，曹操說：「我指我方有二十萬大軍，他竟然警告我切莫輕舉妄動；接著我說我能增兵至五十萬，他卻說他能調來一百萬兵馬，最後我說我滿腹經綸，絕對可以出奇制勝，但他卻說我在放屁！」

張飛回到軍營，不禁哈哈大笑：「人家說曹操老謀深算，沒料到此人竟是如此風趣。」

旁人趨前詢問，張飛這才說道：「他說他愛吃油條，我說若再加上燒餅可能更好；他說他一頓可以吃五套，我說我至少要十套才夠飽；他說若吃太多肚子痛該怎麼辦？我說沒關係，放個屁不就得了？」

軍人本色

一、被罵時像「鼠」——兩眼縮得很小，不會回嘴。

二、出操時像「牛」——但不白目；務必裝出充滿幹勁、不偷雞摸狗的樣子。

三、幹架時像「虎」——先察言觀色，再選擇適當時機給予敵方致命的一擊。

四、做錯時像「兔」——會閃會鑽，敏捷無比，不露痕跡。

五、摸魚時像「龍」——只許神龍見首不見尾，別讓班長不好做人。

六、晚歸時像「蛇」——只得輕輕推開營門、蛇行而入。

七、跑步時像「馬」——馬不停蹄，不必鞭策。

八、請假時像「羊」——必恭必敬，溫馴服貼，沒有一點大少爺的脾氣。

九、狗腿時像「猴」——不僅要聰明伶俐，還要能說唱逗趣，這樣才能確切贏得隊上長官的歡心。

十、天明時像「雞」——不賴床，任何集合都能不遲到、不缺席。

十一、作戰時像「狗」——乖乖跟在別人後面跑，偶爾才吠叫幾聲，千萬別衝上前去當砲灰。

十二、吃飯時像「豬」——就算廚房班的烹調技術多麼不靈光，也得來者不拒、裝聾作啞。

愁眉不展

小夫從連集合場愁眉不展地走回來——

胖虎：「怎麼了？小夫？」

「排長剛剛在釘釘子，結果手拇指被鐵鎚敲中了！」小夫說。

「ㄛ，原來如此。」胖虎安慰他：「那個渾蛋不值得同情，你有什麼好替他難過的ㄚ？」

「我是在替自己難過啦！」小夫解釋說道：「因為——壞就壞在我當時笑個不停。」

迷路

有個落單的運輸兵在深山林內迷了路——

當他好不容易看到有個穿著登山服的中年男士自樹叢中走出時，高興地忍不住跳叫：「感謝老天爺，我終於獲救了！先生你知道嗎？我已經迷路整整達六十八個小時了。」

豈料，那中年男士非常氣餒地說：「你目前確實還算幸運，而我已經迷路十幾天了。」

結帳

在日本吃飯不能亂說話。

地方：東京某日本料理店，壽司吧台。

人物：台灣客A、B、C君及A妻。

場景：四人不懂日文，但以手指點菜，終於吃飽了。該結帳了，但是不知如何用日語講。

台客A：用英文試試，Bill（帳單）please！

老闆：嗨！Beer（啤酒）。
結果：送上了一瓶啤酒。
台客B：換我來，how much？
老闆：嗨！ha-ma-chi（紅鮒）。
結果：又送來了紅鮒四份。
台客C：換我來，日文多少錢好像叫I-Ku-Ra，I-Ku-Ra。
老闆：嗨！I-ku-ra（鮭魚蛋）。
結果：又送上鮭魚蛋四份。
台客C很生氣，不自覺罵了一聲──XX老母。
老闆：嗨！Kani-double（螃──雙份）。
結果：又送上雙份螃。

台客女：唉啊！含慢死！（台語：笨死了）。
老闆：嗨！Ha-ma-sui（蛤蜊湯）。
結果：又送上蛤蜊湯四份。
台客女的老公罵了一聲，三八！
老闆：嗨！Sam-ba（秋刀魚）。
結果：又送來四份秋刀魚。
終於帳單來了，很多錢！
台客C：殺價（台語發音）。
老闆：嗨！Sha-ke（鮭魚）。
結果：又送來了四份鮭魚。
台客C：No，No，No……

老闆：No, Sha-ke，Sarke（日本清酒）？
台客C：Yes，殺價，殺價！
結果：又送來四瓶清酒。
聽說這四個人還在日本吃，回不來。

火力支援

胖虎在打掃連長室時，意外地撿到了一根「MILD SEVEN」，但不巧被排長所瞧見——
排長：「你想做什麼？」

胖虎：「報告排長，我在這裡發現進口香菸一根，為了連長的身體健康著想，請排長速以火力支援！」

一清二楚

值星班長對新兵ㄚ憲說：「你每次摺的棉被都沒有ㄚ瓜好，為什麼？」

ㄚ憲：「那當然囉！ㄚ瓜入伍之前是做豆腐的，而我是做包子饅頭的嘛！」

手榴彈

非洲有個國家因欠缺軍事經費，常常無法供應士兵最基本的配備。

一日，該國王子心血來潮，要檢查某軍營的戰力裝備。

當地的營長當然非常緊張囉，他立刻翻箱倒櫃，將所有裝備一一都抖出來，然而，所有的軍衣還是不夠士兵們穿著。

這營長擔心會被查辦，就此丟了鐵飯碗，遂想到該王子酷愛打電動，已然是個大近視眼，於是他命令士兵將身上所有衣服都脫掉，然後紛紛塗上迷彩，企圖混過去。

後來，王子大駕光臨，看到大家穿著整齊的服裝，顯得相當有趣而振奮。然而，正當營長暗自竊喜時，王子竟開口問道：

「營長，營長，我想他們身上的手榴彈一定是掛反了！因為，我電動玩具打到今天，從未見過如此掛法的戰士呀！」

國情不同

有四個來自不同國籍的軍事將領（衣索匹亞人、美國人、英國人、中國人）湊在一起開跨國性軍事會議，並公推英國人為會議主席。

會議主席：「請在座的各位先就世界糧食短缺問題發表一下個人的意見吧？」

衣索匹亞將領問：「什麼叫糧食ㄚ？」

美國將領問：「什麼叫短缺ㄚ？」

中國將領問：「什麼叫個人意見ㄚ？」

惡有惡報

有個逃兵在荒山野嶺中不幸迷了路——

就在他快要餓死之前，終於發現前方半山腰上有一戶人家，於是，他使盡了殘存的餘力爬去敲門。

開門的是個年事已高的婦人，逃兵要求借住一晚，並賞給他一頓好吃的，老婦人答應了他的請求——不過，老婦人同時也開出一個條件，那就是不能碰她的女兒，要不然——絕對會讓逃兵承受類似世界三大酷刑的處罰。

逃兵心想：「管他什麼世界三大酷刑，我現在就快餓死了，就算妳女兒長得多麼美、多麼辣，我也沒力氣搞了。」於是，他當然答應了。

然而，在吃飯時，那逃兵發現老婦人的女兒真的長得秀色可餐，於是在酒足飯飽加上充分休息之後，遂興起了邪念，他決定去找老婦人的女兒一逞獸慾。

結果，他得逞了，老婦人的女兒就此失去童貞。

隔天，當逃兵自美夢中甦醒，竟發現自己的「那話兒」壓著一顆大石頭，石頭上貼著一張紙寫著：「這是世界三大酷刑之一——巨石壓頂！」早已恢復力氣的逃兵，很不屑地將巨石舉起，信手往窗外一扔（附註：由於這戶人家蓋在半山腰上，所以，扔出去的石頭也就順勢往山崖底下墜——）。

這時，逃兵竟又發現自己的大腿上貼著另一張紙，上面寫著：「這是世界三大酷刑之二——嘻嘻！你右邊的蛋蛋被我用繩子綁在石頭上哩！」

逃兵當機立斷，立刻從窗戶跳出去，希望一切都還來得及——

而就在這間不容髮的時刻，逃兵卻又在房子的外壁上發現了另一張紙，上面清楚寫著：「這是世界三大酷刑之三——哈哈！你左邊的蛋蛋被我用繩子綁在床腳ㄛ！」

「ㄚ！！！！」只見那逃兵大吃一驚，隨即慘叫不已。

香蕉事件

有個非常愛吃香蕉的檳榔辣妹在超級市場買了兩根香蕉，然後，在車站等公車時便吃了起來——

才剛吃完一根車就來了，她只好把剩下的那根香蕉插在後褲袋裡，先上車再說。但不巧的是，這班公車特別擁擠，她只得不時摸摸後褲袋的香蕉，預防被他人擠爛，後來乾脆用手握住香蕉不放。

許久之後，身後有位穿著制服的軍人羞紅著臉對她說：「小姐對不起！我該下車了，請放開妳的玉手好嗎？」

一起脫了吧

大頭兵：「妳先脫，等妳脫完我再脫。」

檳榔妹：「我脫得比較慢啦，還是你先脫為妙。」

大頭兵：「我看這樣——為了節省時間，我們就一起脫了吧？」

檳榔妹：「人家怎麼好意思呢？」

大頭兵：「沒關係嘛！」

檳榔妹：「好吧！那就快一點ㄛ！全部都塞進來，小心！小心！不要把我的絲襪給弄破了！」

大頭兵：「嗯，這裡的住戶有了這台脫水機，實在方便多了。」

裡外不是人

班長看到菜鳥兩眼黑青，連忙問道：「你的眼睛怎麼了？是不是有老兵K你？」

菜鳥說：「不是啦！我昨天晚上幫連長外出辦點私事，竟然被一瘋查某打了——」

班長問：「為什麼被打呢？」

菜鳥答：「我在坐公車時看到一個女人的裙子夾在屁股縫裡，不僅有走光現象，而且看了覺得很不舒服，所以我就好心地幫她把裙子拉出來，豈料——我的右眼就被她打了。」

班長又問：「那為什麼你的左眼也腫了？」

菜鳥答：「因為她打我，我一害怕，就幫她把裙子再塞回去。結果——我的左眼也跟著遭殃了！」

仰天長嘯

阿強是個職業軍人，年初被調到澎湖估上尉缺，他聽說島上有一隻非常靈的神龜，於是想找個機會開開眼界——

後來，阿強如願找到神龜了，他開口便問：「神龜ㄚ！您知道我今年幾歲嗎？」

只見神龜足足點了三十五下頭。

頓時，阿強訝異不已：「哇!?我真的是三十五歲耶！您真的好準ㄛ！那──神龜ㄚ，您知道我有幾個小孩嗎？」

只見神龜點了兩次頭。

「哇靠！這麼神準！我確實有一對雙胞胎兒子耶！」阿強又是一陣驚奇：「神龜ㄚ，那您知道我老婆此時此刻正在幹嘛嗎？我好想她ㄛ！」

卻見，那隻神龜自顧自地褪去龜殼，然後四腳朝天，露出淫蕩而滿足的神情，仰天長嘯：「嗚──耶──ㄚ──！」

熱菜

有個在金門當兵的少尉，懷著興奮的心情打電話給位於台北、已經三個月不見的妻子：「老婆ㄚ，我有七天假耶，坐下午四點半的飛機回去——」

妻子：「老公！這太好了，那你晚飯想要吃些什麼呀？」

少尉：「當然是吃妳ㄚ！那還用問嗎？」

「吃偶？」妻子滿臉疑惑。

掛上電話，天真無邪的她做完家事之後，便坐在沙發上反覆思索她老公所說的話，後來終於想通了——

晚上六點多，少尉回到家卻驚訝地發現，他的妻子竟光著胴體、氣喘吁吁地繞著圓形餐桌猛跑。

少尉就問啦：「老婆，妳在做什麼呀？」

「你不是想要吃偶嗎？偶正在熱菜等你回來享用ㄚ！」他的妻子一本正經地說。

感覺

一位軍醫抽空跑去嫖妓，辦完事之後軍醫跑去洗手，那名娼妓就說了：「我猜你一定是個醫生。」

軍醫訝異至極：「妳怎麼知道的？」

「從你洗手的習慣得知。」娼妓說：「而且，我還知道你是麻醉科的呢！」

軍醫又是一驚：「在這之前我們認識嗎？妳對我的底細為何一清二楚？」

娼妓：「因為——在抽送過程中我一點感覺也沒有ㄚ！」

胸罩

衛兵甲對衛兵乙說：「告訴你ㄛ，我剛剛看到一群沒穿胸罩的女生耶！」

衛兵乙很興奮地問：「在哪裡ㄚ？快帶我去看嘛！」

衛兵甲：「不必急啦！待會兒你執行勤務時就可以看見了，因為她們就在崗哨斜對面的那所幼稚園裡——」

點頭證明

話說「哆啦A夢」裡的「大雄」在台灣長大成人之後，為了要逃避兵役問題，遂在醫院進行體檢之際，故意裝作深度近視眼——

一開始，醫官隨便指了檢視圖裡的一個小「E」，請大雄確認方向。

大雄確切不移地說：「看不清楚！」

醫官又指了一個比較大的「E」。

大雄搖頭說：「也不清楚！」

醫官便往上指了一個特大的「E」。

大雄依然搖頭說道：「唉，不清楚！」

醫官最後只好指著最大的「E」。

大雄看了半晌，說：「還是很模糊耶！」

頓時，醫生覺得大雄有問題，於是拜託身旁的女護士脫光衣服，赤裸裸地站在檢視圖旁。

醫官問：「這下子，你總該看到什麼了吧？」

大雄：「沒有Y！」

「我可以確定──你這傢伙根本就沒有近視！」醫官瞪大雙眼盯住大雄的下半身，且斬釘截鐵地說：「因為──你的那話兒已經一再地點頭告訴我答案了！」

無情的沙漠

在二次世界大戰期間，有個大兵騎著一隻母駱駝，隻身前往撒哈拉沙漠執行軍事任務——由於沙漠無比荒涼，加上任務繁重，且只有他獨自一人，在苦無宣洩管道的情境下，這名大兵也就顯得越來越煩悶、越來越焦躁了。

直到第十天的夜晚，他因慾火焚身，再也按捺不住，只好找駱駝下手——

豈料，當大兵將駱駝按倒在地，頗有貞操觀念的駱駝竟抵死不從、頻頻反抗，使大兵難以得逞。正當兩者陷入混戰之際，突然——遠處塵土飛揚，原來是一群盜匪正在追逐一名妙齡女郎。

大兵心念一轉，「太棒了！天助我也！」

於是，在下一個時間裡，士兵掏出機關槍，以神準的射擊技術全力擊退了盜匪。

妙齡女郎獲救之後，心存感激地對大兵說：「阿兵哥，你是我的救命恩人ㄋㄟ！如今，在這熱情的沙漠，你要什麼樣的服務，我都可以答應你喲！」

「好！非常好！現在你只要幫我把這隻駱駝壓住就行了！」大兵不假思索地說。

養壺

放完榮譽假之後，段天德走起路來顯得有些外八——

就寢之前，他總是捧著一臉盆熱水，往廁所內走去。如此詭異的舉動，立即引起全寢室的關切，眾人決定趁他不備之際，好好的一探究竟。

這晚，段天德一如既往地捧著一臉盆熱水蹲在廁所內，於是，眾人冷不防地將廁所門踢開，只見他把自己的寶貝浸泡在熱水之中——

「段天德，你想把小鳥給淹死是不是？」

「你們懂個芋仔番薯？我這是在養壺ㄋㄟ！」段天德理直氣壯地說。

淫賊現身

中古世紀的歐洲，有個出了名的大將軍，他戰無不勝、攻無不克，並且娶了一個貌美、性感的歡場女子為妻。

可惜的是，這女人不知好歹，婚後依然不改昔日浪蕩的本質，總是利用大將軍外出作戰之際，做出對不起他的勾當。

有一天，大將軍又要帶兵出征了，他怕老婆利用這空檔再度紅杏出牆，於是便使出一計，故意綁了一條貞操帶在老婆的身上，並且將鑰匙交給他認為最忠心的副官。

「這鑰匙可要妥善保管好ㄛ！等我回來再交回給我！」

「是！」副官哪敢不從。

於是，大將軍便很放心地帶兵打仗去了。

但才出城門沒多久，副官竟騎著快馬追了過來，氣喘如牛地問道：

「報告大將軍，您的鑰匙是不是拿錯把了呀？」

共舞

痞子兵ㄚ超在軍中晚會上和一名外表冶艷、風韻猶存的中年女郎共舞

中年女郎：「你們的隊長為人如何？」，

ㄚ超：「不怎麼樣耶！還聽說性無能ㄋㄟ！搞得他老婆經常紅杏出牆說！」

中年女郎：「那你知道我是誰嗎？」

ㄚ超：「不知道。」

中年女郎：「我就是你們隊長的太太！」

ㄚ超：「嘿！這麼巧！那你知道我是誰嗎？」

中年女郎：「我怎麼會知道。」

「哇！謝天謝地！」丫超隨即落荒逃逸。

直搗黃龍

班兵：「報告班長，想要利用『心戰喊話』來壓一壓敵方的銳氣，應該掌握什麼重點？」

「當然要針對敵方的弱點加以攻擊囉！」蛋頭班長說：「我舉一個例子給你們聽，相信大家就能明白箇中的道理了。你們知不知道赤壁之戰，曹軍大敗的根本原因嗎？」

班兵：「？？？？」

蛋頭班長：「話說大戰之前，蜀軍方面由鼎鼎大名的諸葛孔明帶隊，曹軍方面則是由蔣幹領軍，而當兩軍對峙時，帶頭大哥總會相互心戰喊話一番嘛！於是，諸葛孔明就說了——幹，你娘好嗎？」

「哇靠！這不是一句髒話嗎？」班兵嘖嘖稱奇。

蛋頭班長：「話雖如此，蔣幹卻以為孔明出怪招，故意先發出善意的問候，於是，在一時想不出其他法子回應的情況下，只得摸摸鼻子說——好！——還好啦！」

蛋頭班長繼續說：「曹營士兵聽到敵方這樣辱罵自己的主將，而主將（蔣幹）竟又那樣卑賤回答，頓時，士氣嚴重受挫。曹操一看苗頭不妙，趕緊叫蔣幹退下，自己親自上陣督軍，結果——孔明又說了：「操，你全家人好嗎？」登時，曹操依然想不出回應之詞，只得含恨回答：「好！——託你的福啦！」曹營士兵一聽，發現連自己的統帥都如此怯懦地任人辱罵，作戰士氣也就為之蕩然無存了——這就是赤壁之戰，曹軍之所以大敗的根本原因。」

聰明賊小孩

園丁在果園抓到一個偷芭樂的小孩，在送小孩去見園主的路上，小孩說把帽子忘在果園裡了。

園丁說：「好吧，你去拿，我在這等你。」結果小孩一去不返。

幾天後，園丁又抓到同一個小孩，園丁說：「這次我一定要抓你去見園主。」

小孩說：「等一等，先生，我把帽子忘在果園裡了。」

這時園丁胸有成竹說道：「這次我不會上當了，你在這等我，我幫你去拿！」

園丁才剛走開，小孩就溜了。

廁所鬧鬼

在一個經常鬧鬼的部隊裡——

有位二兵晚上起來上大號，可是部隊廁所內的燈泡壞了，於是，他只好摸黑去上囉！

豈料，當他正排解到一半時，竟發現有人摸他的屁股。

這使他嚇得魂飛魄散，連褲子都沒穿好就跑去找安全士官投訴。

「安官！安官！廁所裡有鬼，他摸我屁股啦！」

安官：「唉！這廁所果然不乾淨，不過，你不要把事情講出去ㄛ，我會向上稟報，你先回去睡吧！」

隔天，安官將這件事跟排長講，排長怕會影響軍心，遂決定下次遇到這種事，大夥兒一同去抓鬼。

說也奇怪，約過了兩星期，那廁所都未發生類似如此的鬧鬼事件。

直到有一天晚上，又是那名二兵跑去上大號，當他才將褲子脫下，正要蹲下去排解時，就覺得有人伸出冰涼的手又在摸他的屁眼了。

那二兵屁滾尿流、倉皇逃逸，叫聲如雷貫耳：「有鬼！有鬼ㄚ！」

說時遲那時快，當所有班兵從睡夢中驚醒，且依照排長指示，紛紛拎起木棍、掃把、手電筒奔向廁所，數十個人團團圍住那一間疑似有鬼的大便池的門，想看一看裡面到底有啥時，這才驚訝地發現——

「你嘛幫幫忙！啥米鬼摸屁股Ｙ！是大便都滿出來了啦！」班長氣憤地說道。

與此同時，班兵莫不傻眼以對。

中邪

某天兵在全連集合的時候，突然從隊伍中跳了出來——

他先用右腳踢左腳，緊接著用左腳踹右腳，最後，竟一不做二不休地舉起步槍往自己的腳板砸去。

「危險，這傢伙想自殺!?」班長說。

「不是啦！他被鬼附身，正在起乩——」排長說。

「準是中邪了沒錯！」輔導長說。

連長：「無論如何，先把他抓起來，想辦法打暈了之後再說！」

「不要ㄚ！」這時，天兵趕緊搭腔：「我只是想要抓我的香港腳啦！」

倒楣鬼

有個阿兵哥休假準備坐公車回家，但當他抵達站牌時，已是入夜十一點多了，他無法確定到底還有沒有公車，可是又不想用走的，所以只好等看看有沒有末班車可坐。

等啊等的，正覺得應該沒車時，突然看見遠遠有一輛公車出現了，他就很高興地把車攔下。上車之後，駕駛主動告訴阿兵哥這是末班車，但他卻發現一個離奇的現象：照理說，坐最後一班車的人應該不會很多才對，可是這台車竟然坐滿了人，只剩下一個空位而已。

更詭異的是，車上靜悄悄的，沒有半個人開口交談。當阿兵哥越來越覺得不對勁時，坐在他身旁的那個女人竟低聲說道：「少年耶！你不該坐這班車！」

「為什麼？」阿兵哥驚奇地問。

「這班車不是給活人坐的！」那個女人繼續說道：「你一上車，他們（指車上的人）就會把你抓去當替死鬼！」

頓時，阿兵哥嚇得渾身發顫，卻又不知如何是好。

結果，那個女人又跟他說道：「沒關係，我可以幫你逃離這台車！」

「真的嗎？」

「嗯！」女人點點頭，於是就拖著他，拉開窗戶，火速地跳了出去。

當他們跳車逃開之際，阿兵哥還隱約聽見車裡的人大聲喊叫著：「該死，竟然讓他給跑了！」這樣的詛咒聲浪。

待阿兵哥恢復神識，發覺他們正處在一個荒涼的山路上。他鬆了一口氣，隨即感謝那個女的幫忙。「雖然我不認識妳，但我謝謝妳。」

霎時，只見那個女人竟露出邪惡的姿容說：「嘻嘻嘻！現在——現在總算沒人跟我搶這個倒楣鬼了！」

婉轉陳述

有一位連長，自從妻子跟人家跑了之後，個性變得相當魯莽、古怪。

一日，他收到屬下一名士兵的祖母死去的通知，便在晚點名時率直地對那名士兵說：「喂！洞洞參，你的祖母死了ㄋㄟ！」

那士兵一聽，難過地當場昏死過去了。

這事件約莫過了一個星期，他屬下另一名士兵的祖父死了。連長在晚點名的時候，還是不改惡習，直接了當地當眾宣佈：「喂！洞洞肆，有個不幸的消息必須告訴你——你阿公今天中午被火車撞死了耶！」

那士兵一聽，難過地嚎啕大哭，最後也暈厥過去了。

之後，連上士官兵莫不向營長投訴，強烈指責連長的冷酷無情。於是，營長便告誡連長：「以後你若還想在部隊裡混，一旦部下家裡發生了什麼不幸的事，務必要以最婉約的方式通知他們，並聊表誌哀之意，知道嗎？」

過了兩個星期，連長又接到他另一個部下妻子死了的消息。

他想起營長的叮嚀，遂在晚點名時這樣宣佈：「弟兄們，凡是結過婚的請出列。」

連長緊接著說：「截至昨天為止，老婆還健在的請蹲下來，但洞洞拐可以例外！」

看到鬼

有個值星班長想要整整某名天兵——

值星班長：「你看見三百公尺外的那根電線桿沒有？」
天兵：「報告班長，看到了！」
值星班長：「很好，那你現在跑過去，它有話要對你說ㄛ！」
天兵：「是！」
幾分鐘之後，天兵返回說道：「報告班長，它沒有對我說話呀！」
值星班長：「你在混水摸魚！根本沒有用心去聽，它明明有話要對你說的，再給我過去一趟！」
士兵：「是！」
又幾分鐘之後，士兵氣喘如牛地返回。「報告班長，我總算聽到電線桿所說的話了——」
「喔！真的嗎？」值星班長。

士兵：「報告班長，他叫你自己過去，他想親自對你說！」

一剪梅

老黃服務於軍旅，但官運不順，上尉一掛就是八年，一直苦於無法升少校。

某日，好友老張關切說道：「老黃，你平時是不是很愛唱一剪梅那首歌？」

「是ㄚ！」

「那就對了！」老張緊接著說：「梅花一剪就沒了，你還想升什麼少校ㄚ！」

燒餅油條

話說三國時代，張飛與呂布隔著長江準備作戰──

呂布站在河的對岸，用手畫了一個圓圈示意：我們已經把你們徹底包圍住了。

頓時，張飛竟看成：我方的燒餅有這麼大咧！於是，張飛不甘示弱，就把兩隻手順勢張開，比了一個長條狀的範圍（示意：那有什麼了不起的？我們這裡做的油條足足有這麼長！）。

那邊的呂布竟誤以為：我們有長江相隔，你將如何包圍我們？於

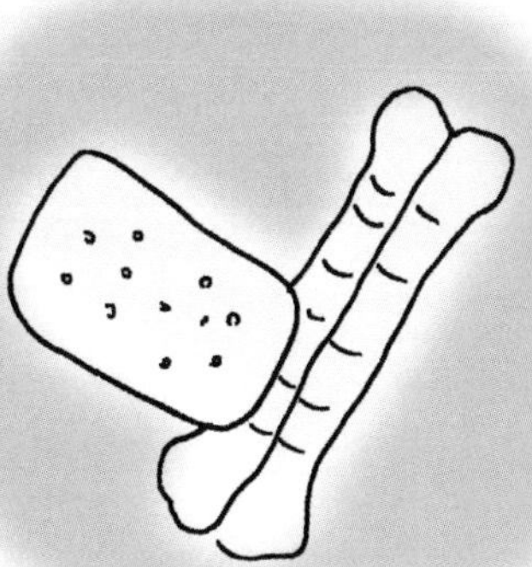

是，呂布乾脆信手比了一個「四」字樣（示意：我們這裡可有四萬大軍ㄛ！）。

豈料，張飛卻又誤判：我一次可以吃四個燒餅！

張飛心想：「那有什麼了不起？我一次可吃十六個哩！」於是就信手比了一個「十」，然後再比了一次「六」。

呂布一看，心驚至極，以為張飛是說：「我們有十萬大軍，比你們整整多出六萬，還怕你們出兵不成？」

登時，呂布深覺苗頭不對，也就只好退兵了。

至於張飛這邊的反應呢？

他愣在原地——感到一頭霧水！

披薩特區

高雄某營區的廁所內秀有這樣一句對聯──

上聯：此處雖是比大營。

下聯：並非個個必勝客。

上一號

一個剛入伍不久的新兵，由於緊張過度，在打靶時突然尿急──

「報告班長，我想上一號。」

值星班長為了調侃、教訓他一下，遂大叫：「001你給我過來，有人想上你。」

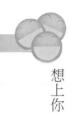

讓路風波

在一個月黑風高的晚上，一艘軍艦正在海上破浪航行，好不威風。

突然——前方閃現一盞疑似小船的燈光。

於是，軍艦趕緊用無線電聯絡對方，但怎麼也聯絡不上，遂打燈號發出警訊——

艦長：「你——向東轉十度！」

不一會兒，對方做出回應：「不！請你們向西轉十度吧！」

艦長：「開什麼玩笑，我是這海域最高指揮官，竟然要我讓路，快向東轉十度啦！」

對方：「你才在開玩笑呢——我是這海域第一流的水手，快向西轉十度啦！」

軍艦長火大了：「找死ㄚ!?我方是艘大軍艦，萬一被A到的話，後果自行負責！」

豈料，對方是這樣回答的：「有種的話就衝撞上來ㄚ！我方是一座燈塔ㄋㄟ！」

同類

班長：「我交代下去的事情都做不好，你們是不是豬ㄚ？」

一兵：「報告班長，是！」

二兵：「報告——班長是！」

接著，一兵轉頭對二兵說：「你簡直笨得像豬！」

二兵也回了一句：「你才是豬咧！」

「好了好了，有啥好吵的？」班長：「既然大家都是同類，就應該要和平相處嘛！」

驚喜

Ｙ榮在馬祖當兵，許久沒跟「喜歡簽賭六合彩」的父母通話，某星期四晚上七點整（約六合彩開獎時間），Ｙ榮決定打電話給他們一個驚喜——

「媽！我Ｙ榮啦！妳希望簽中三朵花，還是希望妳兒子常打電話回家？」

他母親遲疑了一會兒說：「欸！我真的很希望你不是我兒子，而是報喜訊的組頭！」

小費

部隊裡有一間簡陋的KTV，供假日留守於營區的官士兵使用——

某星期日下午，有兩個阿兵哥在台上拉開喉嚨高歌，佔用伴唱機達二、三十分鐘仍不肯下台。

這時，有個學長端著一個托盤，上面放了兩杯可樂，杯子底下各壓著一張百元鈔票，走到台上遞給他們。

「學長！我們唱歌純屬消遣，不是職業歌手，所以不收任何小費

ㄋㄟ！」

其中一名阿兵哥婉拒了，另一名阿兵哥則更賣力地唱著。

學長耐心地等他們把整首歌唱完，旋即逮住換歌空檔對他們說：「沒有關係啦，這點小意思是請你們收下，拿去掛號看醫師、治好喉嚨再來唱吧！」

星星

天兵：「班長，你知道天上的星星為什麼用最先進的飛彈都打不到嗎？」

班長：「你這個傻蛋！距離那麼遠當然打不到囉！」

天兵：「你才是大笨蛋呢！你沒聽過那首歌嗎？一閃一閃亮晶晶，滿天都是小星星——它們粉會閃嘛！」

班長：「我咧$@%&！」

三千三百公克

副連長接聽他老婆打來的電話，登時，我們聽到他興奮地跳叫起來：「三千三百公克！哇！這小傢伙實在太棒、太神奇了！」

他掛上電話之後，我們立刻趨前致賀：「副連長，恭喜你ㄚ！是公子還是千金呢？」

「什麼跟什麼？」他問。

「不是說有三千三百公克嗎？」

「唉呀！是這個月來——我幫我老婆買的那台減重機對她所產生的瘦身成效啦！」副連長解釋說道。

中國錢

珠海有一名年輕公安到中國農民銀行提領支票存款，他在支票背面由左至右橫寫姓名：「中國錢。」

美麗而親切的行員告訴他：「先生，您應該填寫真實姓名才能領ㄛ！」

中士旋即掏出皮夾，亮出身分證給行員看，原來，他叫「錢國中」。

為什麼

衛兵甲：「你知道什麼動物最喜歡問為什麼嗎？」

衛兵乙想了想：「我不知道！」

衛兵甲：「那我就告訴你好了，第一名是驢，第二名是豬，牠們最喜歡問為什麼——」

衛兵乙：「為什麼？」

國家圖書館出版品預行編目資料

妖獸喔！連豬都笑了／張允中編著.
－－第一版－－臺北市：知青頻道出版；
紅螞蟻圖書發行，2014.08
面 ； 公分－－(超有梗笑話；2)
ISBN 978-986-5699-28-4（平裝）

856.8　　　103013571

超有梗笑話 2
妖獸喔！連豬都笑了
編　　著／張允中
發 行 人／賴秀珍
總 編 輯／何南輝
美術構成／Chris'office
校　　對／周英嬌、吳育禎、賴依蓮
出　　版／知青頻道出版有限公司
發　　行／紅螞蟻圖書有限公司
地　　址／台北市內湖區舊宗路二段121巷19號（紅螞蟻資訊大樓）
網　　站／www.e-redant.com
郵撥帳號／1604621-1　紅螞蟻圖書有限公司
電　　話／(02)2795-3656（代表號）
傳　　真／(02)2795-4100
登 記 證／局版北市業字第796號
法律顧問／許晏賓律師
印 刷 廠／卡樂彩色製版印刷有限公司
出版日期／2014年 8月　第一版第一刷

定價 169 元　港幣 57 元

ISBN 978-986-5699-28-4　　Printed in Taiwan